Translated Language Learning

Alices Abenteuer im Wunderland

Alice Kalandjai Csodaországban

Lewis Carroll

Deutsch / Magyar

Published by Tranzlaty

ISBN: 978-1-83566-776-7

Original text: Alice's Adventures in Wonderland
by Lewis Carroll (1865)

Abridged by Sam'l Gabriel Sons (1916)

www.tranzlaty.com

Runter in den Kaninchenbau
Le a nyúllyukba

Alice fing an, sehr müde zu werden
Alice kezdett nagyon fáradt lenni
Sie saß neben ihrer Schwester auf der Grasbank
A nővére mellett ült a füves parton
aber sie hatte nichts zu tun
De nem volt semmi köze
Ihre Schwester las ein Buch
A nővére könyvet olvasott
Ein- oder zweimal schaute Alice in das Buch
egyszer-kétszer Alice belekukucskált a könyvbe
aber das Buch enthielt keine Bilder oder Gespräche
De a könyvben nem voltak képek vagy beszélgetések
"Was nützt ein Buch ohne Bilder?", dachte Alice
"Mi haszna egy könyvnek képek nélkül?" - gondolta Alice
"Warum sollte ein Buch keine Gespräche führen?"
"Miért ne lenne egy könyvben beszélgetés?"
Aber sie hatte noch andere Dinge zu bedenken
De más dolgokat is figyelembe kellett vennie

"Es wäre ein Vergnügen, eine Kette aus Gänseblümchen zu machen"
"százszorszépek láncolatát készíteni öröm lenne"
"Aber lohnt es sich, aufzustehen und die Gänseblümchen zu pflücken??"
- De megéri-e az erőfeszítést, hogy felkeljen és szedje a százszorszépeket?
Das war nicht so leicht zu denken
Erre nem volt olyan könnyű gondolni
weil sie sich an diesem Tag schläfrig und dumm fühlte
mert a nap álmosnak és hülyének érezte magát
aber plötzlich wurden ihre Gedanken unterbrochen
De hirtelen megszakadtak a gondolatai
ein weißes Kaninchen mit rosa Augen lief dicht an ihr vorbei
egy rózsaszín szemű fehér nyúl futott el mellette

Es war nichts übermäßig Bemerkenswertes an dem Kaninchen
A nyúlban nem volt semmi túlságosan figyelemre méltó
und Alice fand das Kaninchen auch nicht bemerkenswert

és Alice sem tartotta figyelemre méltónak a nyulat
auch überraschte es sie nicht, als das Kaninchen sprach
és nem is lepte meg, amikor a Nyúl megszólalt
»O je! Ich werde zu spät kommen!« sagte er zu sich selbst
"Ó, drágám! Elkéstem!" - mondta magában
aber dann tat das Kaninchen etwas, was Kaninchen nicht tun
de aztán a Nyúl olyat tett, amit a nyulak nem tettek meg
das Kaninchen zog eine Uhr aus der Westentasche
a Nyúl elővett egy órát a mellényzsebéből
Er schaute auf die Uhr und eilte dann weiter
Ránézett az időre, majd továbbsietett
Alice erhob sich erstaunt
Alice csodálkozva talpra állt
Sie hatte noch nie zuvor ein Kaninchen mit Weste gesehen!
Még soha nem látott nyulat mellényben!
noch hatte sie je ein Kaninchen mit einer Uhr gesehen!
Nyulat sem látott még órával!
Alice brannte vor neuer Neugierde
Alice új kíváncsiságtól égett
und sie rannte über das Feld hinter dem Kaninchen her
és átfutott a mezőn a Nyúl után
Sie kam gerade noch rechtzeitig, um das Kaninchen verschwinden zu sehen
Éppen időben volt, hogy lássa a nyúl eltűnését
Das Kaninchen hüpfte in einen großen Kaninchenbau hinab
A nyúl leugrott egy nagy nyúllyukba
Im nächsten Augenblick stürzte Alice hinter dem Kaninchen her!
Egy másik pillanatban lefelé ment Alice a nyúl után!
Der Kaninchenbau ging geradeaus wie ein Tunnel
A nyúllyuk egyenesen haladt tovább, mint egy alagút
und der Tunnel ging noch eine Weile weiter
és az alagút tovább haladt egy bizonyos távolságig
und dann senkte sich der Weg plötzlich hinunter
Aztán az ösvény hirtelen leereszkedett
Alice hatte keinen Augenblick, daran zu denken, ob sie sich

zurückhalten sollte
Alice-nek egy pillanatra sem volt arra gondolnia, hogy
megállítsa magát
Sie fiel hin und hinunter und hinunter
Azon kapta magát, hogy leesik és leesik
Es schien, als sei sie in einen sehr tiefen Brunnen gefallen
Úgy tűnt, mintha egy nagyon mély kútba esett volna
**Entweder war der Brunnen sehr tief, oder sie fiel sehr
langsam**
Vagy a kút nagyon mély volt, vagy nagyon lassan esett
denn sie hatte viel Zeit zum Fallen
mert bőven volt ideje esni
Als sie fiel, konnte sie sich umsehen
Ahogy zuhanni kezdett, körülnézett
Zuerst versuchte sie herauszufinden, wohin sie ging
Először megpróbálta kitalálni, hová megy
aber der Brunnen war zu dunkel, um etwas zu sehen
De a kút túl sötét volt ahhoz, hogy bármit is lásson
Dann blickte sie auf die Seiten des Brunnens
Aztán megnézte a kút oldalát
**Und sie bemerkte, dass überall um sie herum Schränke
standen**
És észrevette, hogy szekrények vannak körülötte
und rings um den Brunnen waren Bücherregale
és a kút körül könyvespolcok voltak
**Hier und da sah sie Karten und Bilder, die an Pflöcken
hingen**
itt-ott térképeket és képeket látott csapokra akasztva
Im Vorbeigehen nahm sie ein Glas aus einem der Regale
Levett egy üveget az egyik polcról, amikor elhaladt
Das Glas wurde für seinen Inhalt gekennzeichnet
Az üveget címkével látták el a tartalma alapján
"MARMELADE AUS ORANGEN"
"NARANCSBÓL KÉSZÜLT LEKVÁR"
**Aber zu ihrer großen Enttäuschung war das
Marmeladenglas leer**
De nagy csalódására a lekváros üveg üres volt

Sie wollte das leere Marmeladenglas nicht fallen lassen

Nem akarta leejteni az üres lekváros üveget

und ihr Fall war sehr langsam

és az esése nagyon lassú volt

So schaffte sie es, das Marmeladenglas in einen der Schränke zu stellen

Így sikerült a lekváros üveget az egyik szekrénybe helyezni

Nieder, hinunter, hinunter fiel sie!

Le, le, le, leesik!

Würde der Fall jemals ein Ende haben?

Véget ér-e valaha a bukás?

Es gab nichts anderes zu tun

Nem volt mit tenni

so fing Alice bald an, mit sich selbst zu reden

így Alice hamarosan beszélni kezdett magában

»Dinah wird mich heute abend sehr vermissen, sollte ich meinen!«

"Dinah-nak nagyon fog hiányozni ma este, azt hiszem!"

Dinah war Alices Katze

Dinah Alice macskája volt

»Ich hoffe, sie werden sich an ihre Untertasse mit Milch zur Teezeit erinnern.«

"Remélem, emlékezni fognak a csészealj tejére teaidőben"

»Dinah, meine Liebe, ich wünschte, du wärst hier unten bei mir!«

- Dinah, kedvesem, bárcsak itt lennél velem!

Alice fühlte, als würde sie einschlafen

Alice úgy érezte, hogy elszunnyad

Und dann plötzlich, dumpf! Bums!

És akkor hirtelen, dübörgés! Thump!

Sie fiel auf einen Haufen Stöcke

leesett egy halom botra

und sie landete auf einem Haufen trockener Blätter

És leszállt egy halom száraz levélre

Und endlich war der lange Sturz in das Loch vorbei

És végül véget ért a hosszú zuhanás a lyukon

Alice war kein bisschen verletzt

Alice egy cseppet sem sérült meg
und sie sprang in einem Augenblick auf
és egy pillanat alatt felugrott
Sie blickte auf, aber es war alles dunkel über ihr
Felnézett, de minden sötét volt a feje fölött
Vor ihr lag ein weiterer langer Korridor
Előtte egy másik hosszú folyosó volt
und das weiße Kaninchen war noch in Sicht
és a Fehér Nyúl még mindig látható volt
Er eilte den Korridor hinunter
Sietett lefelé a folyosón
Es war kein Augenblick zu verlieren
Nem volt vesztegetni való pillanat
davonlief Alice wie der Wind
ki futott Alice, mint a szél
um die Ecke drehte sich das Kaninchen
A sarkon megfordult a nyúl
Sie kam gerade noch rechtzeitig, um das Kaninchen zu hören
Éppen időben volt, hogy meghallja a nyulat
"Oh, meine Ohren und Schnurrhaare"
"Ó, a fülem és a bajuszom"
"Wie spät es wird!"
- Milyen késő van!
Sie war dicht hinter dem Kaninchen
Szorosan a nyúl mögött volt
Sie bog um eine weitere Ecke
Befordult egy másik sarkon
aber das Kaninchen war nicht mehr zu sehen
de a Nyulat már nem lehetett látni
Sie befand sich in einer langen, niedrigen Halle
Egy hosszú, alacsony teremben találta magát
Der Saal wurde von einer Reihe von Deckenlampen erleuchtet
A termet mennyezeti lámpák sora világította meg
Überall im Saal gab es Türen
A terem körül ajtók voltak

aber alle Türen waren verschlossen
De minden ajtó zárva volt
Sie ging den ganzen Weg an der einen Seite des Flurs hinunter
Végigsétált a terem egyik oldalán
Und sie war den ganzen Weg auf der anderen Seite des Flurs hinaufgegegangen
és egészen a terem másik oldaláig sétált
Sie hatte jede Tür ausprobiert
Minden ajtót kipróbált
Und sie ging traurig in der Mitte des Saales entlang
és szomorúan sétált végig a terem közepén
"Wie komme ich da mal wieder raus?"
"Hogyan fogok valaha is kijutni?"

Plötzlich stieß sie auf einen kleinen Tisch
Hirtelen egy kis asztalra bukkant
Der Tisch wurde komplett aus massivem Glas gefertigt
Az asztal teljes egészében tömör üvegből készült
Auf dem Tisch lag nichts als ein winziger goldener

Schlüssel
Nem volt semmi az asztalon, csak egy apró aranykulcs
Der Schlüssel könnte zu einer der Türen gehören!
Lehet, hogy a kulcs az egyik ajtóhoz tartozik!
Aber ach! Einige der Schlösser waren zu groß für die Schlüssel
De sajnos! Néhány zár túl nagy volt a kulcsokhoz
und für die anderen Schlösser war der Schlüssel zu klein
és a többi zárhoz a kulcs túl kicsi volt
aber auf jeden Fall öffnete der Schlüssel keine der Türen
De mindenesetre a kulcs egyik ajtót sem nyitotta ki
Aber was sollte sie tun?
De mit kellett tennie?
Sie ging wieder durch den Saal
Újra átment a termen
Und diesmal bemerkte sie einen niedrigen Vorhang
És ezúttal észrevett egy alacsony függönyt
Hinter dem Vorhang war eine kleine Tür
A függöny mögött volt egy kis ajtó
Die Tür war etwa fünfzehn Zoll hoch
Az ajtó körülbelül tizenöt hüvelyk magas volt
Sie probierte den kleinen goldenen Schlüssel im Schloss aus
Kipróbálta a zárban lévő kis aranykulcsot
Und zu ihrer großen Freude passte der Schlüssel ins Schloss!
És nagy örömére a kulcs illeszkedik a zárba!
Alice öffnete die Tür
Alice kinyitotta az ajtót
und sie fand, daß die Tür in einen kleinen Korridor führte
És megtalálta az ajtót, amely egy kis folyosóra vezetett
Der Korridor war nicht viel größer als ein Rattenloch
A folyosó nem volt sokkal nagyobb, mint egy patkánylyuk
Sie kniete nieder und blickte den Korridor entlang
Letérdelt, és végignézett a folyosón
Und sie sah den schönsten Garten, den du je gesehen hast
És látta a legszebb kertet, amit valaha láttál
wie sehr sie sich danach sehnte, aus dieser dunklen Halle herauszukommen

mennyire vágyott arra, hogy kijusson abból a sötét teremből
**wie sie sich wünschte, zwischen diesen leuchtenden Blumen
zu wandern**
hogyan akart vándorolni a fényes virágok között
Wie cool die Erfrischung dieser Brunnen aussah
Milyen klasszul frissítőnek tűntek ezek a szökőkutak
**aber sie konnte nicht einmal ihren Kopf durch die Tür
stecken**
De még a fejét sem tudta bedugni az ajtón
»Oh,« sagte Alice traurig
- Ó - mondta Alice gyászosan
**»wie sehr wünschte ich, ich könnte mich zusammenfalten
wie ein Fernrohr!«**
"Mennyire szeretném, ha összecsukhatnám, mint egy
távcsövet!"
**"Ich glaube, ich könnte mich zusammenfalten wie ein
Teleskop"**
"Azt hiszem, össze tudnék csukódni, mint egy távcső"
"Wenn ich nur wüsste, wie ich anfangen sollte"
"bárcsak tudnám, hogyan kezdjem el"
Alice ging zurück an den Tisch
Alice visszament az asztalhoz
**Es bestand die Möglichkeit, einen weiteren Schlüssel zu
finden**
Esély volt egy másik kulcs megtalálására
Oder es gibt ein Buch mit Regeln
vagy lehet egy szabálykönyv
**Das Buch könnte ihr sagen, wie man sich wie ein Teleskop
zusammenfaltet**
A könyv megmondhatta neki, hogyan kell összecsukni, mint
egy távcsövet
Diesmal fand sie ein Fläschchen
Ezúttal talált egy kis üveget
"Diese Flasche war gewiß vorher nicht hier," sagte Alice
- Ez a palack biztosan nem volt itt korábban - mondta Alice
Und um den Flaschenhals war ein Papieretikett gebunden
és a palack nyakába kötve papírcímke volt

**Das Etikett war wunderschön in großen Buchstaben
gedruckt**
A címkét gyönyörűen, nagy betűkkel nyomtatták
"TRINK MICH"
"Igyál MEG"
»Nein, ich werde erst nachsehen«, sagte sie
- Nem, először megnézem - mondta
**"Ich werde sehen, ob die Flasche als giftig gekennzeichnet
ist oder nicht."**
"Megnézem, hogy a palack mérgező-e vagy sem"
weil sie die Lektion über das Gift nie vergessen hat
Mert soha nem felejtette el a méregről szóló leckét
**"Wenn eine Flasche als giftig gekennzeichnet ist, wird sie
Ihnen bestimmt nicht zustimmen"**
"Ha egy palackot mérgezőnek címkéznek, akkor biztosan nem
ért egyet veled"
Diese Flasche war jedoch nicht als giftig gekennzeichnet
Ezt a palackot azonban nem jelölték mérgezőnek
so wagte Alice es, den Inhalt der Flasche zu kosten
így Alice megkóstolta a palack tartalmát
Sie fand die Flüssigkeit ganz nach ihrem Geschmack
A folyadékot nagyon tetszettnek találta
Das Getränk hatte einen gemischten Geschmack
Az italnak egyfajta vegyes íze volt
Kirschkuchen, Vanillepudding und Ananas
cseresznye-torta, puding és ananász
Gebratener Truthahn, Toffee und Toast mit heißer Butter
sült pulyka, karamella és pirítós forró vajjal
und bald trank sie die Flasche aus
és hamarosan befejezte az üveget
"Was für ein merkwürdiges Gefühl!" sagte Alice
"Milyen furcsa érzés!" - mondta Alice
"Ich klappe mich zusammen wie ein Teleskop!"
"Összecsukom, mint egy távcsövet!"
Und sie faltete sich tatsächlich zusammen wie ein Teleskop!
És valóban összecsukódott, mint egy távcső!
Sie war jetzt nur noch zehn Zentimeter groß

Most már csak tíz hüvelyk magas volt
und ihr Gesicht erhellte sich bei ihren Gedanken
és az arca felderült a gondolataira
Jetzt hatte sie die richtige Größe für das Türchen
Most már megfelelő méretű volt a kis ajtóhoz
Jetzt konnte sie in diesen schönen Garten gehen
Most már bemehetett abba a szép kertbe
Bald hörte sie auf, kleiner zu werden
Hamarosan abbahagyta a kisebbséget
Sie beschloß, sofort in den Garten zu gehen
Úgy döntött, hogy azonnal bemegy a kertbe
aber wehe der armen Alice!
de jaj szegény Alice-nek!
Sie kam zur Tür
Az ajtóhoz ért
Aber sie hatte den kleinen goldenen Schlüssel vergessen
De elfelejtette a kis aranykulcsot
Sie ging zurück zum Tisch, um den Schlüssel zu holen
Visszament az asztalhoz a kulcsért
aber sie merkte, daß sie nicht hoch genug greifen konnte
De rájött, hogy nem tud elég magasra jutni
Sie konnte den Schlüssel ganz deutlich durch das Glas sehen
Tisztán látta a kulcsot az üvegen keresztül
Sie versuchte, die Beine des Tisches hinaufzuklettern
Megpróbált felmászni az asztal lábaira
Aber das Glas war viel zu rutschig
De az üveg túl csúszós volt
Irgendwann erschöpfte sie sich mit dem Versuch
Végül kifárasztotta magát a próbálkozással
Und das arme kleine Mädchen setzte sich hin und weinte
És a szegény kislány leült és sírt
Alice sprach ziemlich scharf mit sich selbst
Alice meglehetősen élesen beszélt magában
"Komm, es hat keinen Zweck, so zu weinen!"
"Gyere, nincs értelme így sírni!"
"Ich rate dir, gleich aufzuhören!"

"Azt tanácsolom, hogy ebben a percben hagyja abba!"
Sie gab sich im Allgemeinen sehr gute Ratschläge
Általában nagyon jó tanácsokat adott magának
obwohl sie nur sehr selten ihren eigenen Rat befolgte
bár nagyon ritkán követte a saját tanácsát
und sie war manchmal zu streng mit sich selbst
és néha túl kemény volt önmagával szemben
und ihre Worte trieben ihr Tränen in die Augen
és szavai könnyeket csaltak a szemébe
Bald fiel ihr Blick auf einen kleinen Glaskasten
Hamarosan egy kis üvegdobozra esett a szeme
Der kleine Glaskasten lag unter dem Tisch
A kis üvegdoboz az asztal alatt feküdt
In dem Glaskasten befand sich ein sehr kleiner Kuchen
Az üvegdobozban egy nagyon kicsi sütemény volt
Auf dem Kuchen waren einige Worte schön geschrieben
A tortán néhány szó gyönyörűen volt írva
die Worte waren in Johannisbeeren markiert worden
A szavakat ribizliben jelölték
"MICH ESSEN"
"EGYÉL MEG"
"Nun, ich werde den Kuchen essen," sagte Alice
- Nos, megeszem a tortát - mondta Alice
"Und wenn mich der Kuchen größer werden lässt, kann ich den Schlüssel erreichen"
"és ha a tortától nagyobb leszek, elérhetem a kulcsot"
"Und wenn mich der Kuchen kleiner werden lässt, kann ich unter die Tür kriechen"
"és ha a tortától kisebb leszek, bekúszhatok az ajtó alá"
"Also so oder so komme ich in den Garten"
"szóval akárhogy is, bejutok a kertbe"
"Und es ist mir egal, was von beidem passiert!"
"és nem érdekel, hogy a kettő közül melyik történik!"
Sie aß ein wenig von dem Kuchen
Megevett egy keveset a tortából
und sie sprach ängstlich zu sich selbst:
és aggódva szólt magában:

"In welche Richtung? In welche Richtung?"
"Merre? Merre?"
und sie hielt die Hand auf den Kopf
és a fejét tartotta a fején
Sie wollte spüren, in welche Richtung sie wuchs
Érezni akarta, merre fejlődik
Sie war ganz überrascht, als sie erfuhr, was geschehen war
Nagyon meglepődött, amikor megtudta, mi történt
Sie war gleich groß geblieben!
Ugyanakkora maradt!
Also verdoppelte sie dieses Mal ihre Bemühungen
Tehát ezúttal megduplázta erőfeszítéseit
Und bald war der ganze Kuchen fertig
És hamarosan befejezte az egész tortát

Der Pool der Tränen
A könnyek medencéje
"Das wird immer interessanter!" rief Alice
"Ez egyre érdekesebbé válik!" - kiáltotta Alice
Man kann sehen, dass sie sehr überrascht war
Láthatja, hogy nagyon meglepődött
"Ich öffne mich wie das größte Teleskop, das es je gab!"
"Úgy nyitok, mint a valaha volt legnagyobb távcső!"
»Auf Wiedersehen, Füße! Oh, meine armen kleinen Füße"
"Viszlát, lábak! Ó, szegény kis lábam"
"Ich frage mich, wer euch jetzt die Schuhe anziehen wird, meine Lieben?"
- Kíváncsi vagyok, ki fogja most felvenni neked a cipődet, kedveseim?
»und ich frage mich, wer Ihre Strümpfe anziehen wird?«
- és kíváncsi vagyok, ki fogja felvenni a harisnyádat?
"Ich werde viel zu weit weg sein"
"Túl messze leszek"
"Ich werde mich nicht mehr um dich kümmern können"
"Nem fogok tudni többé bajlódni veled"
In diesem Augenblick schlug ihr Kopf gegen etwas
Ebben a pillanatban a feje valaminek ütközött
Sie hatte das Dach des Saales erreicht
elérte a terem tetejét
Tatsächlich war sie jetzt mehr als zwei Meter groß
Valójában most már több mint két méter magas volt
und sie ergriff sogleich den kleinen goldenen Schlüssel
És azonnal felvette a kis aranykulcsot
und sie eilte zur Gartentür
és elsietett a kertajtóhoz
Arme Alice! Es gab nicht viel, was sie tun konnte
Szegény Alice! Nem sokat tehetett
Sie legte sich auf die Seite
Az egyik oldalra feküdt
Und sie blickte mit einem Auge in den Garten hinein
És fél szemmel kinézett a kertbe
Aber durchzukommen war hoffnungsloser denn je

De az átjutás reménytelenebb volt, mint valaha
Sie setzte sich und fing wieder an zu weinen
Leült, és újra sírni kezdett
Sie fuhr fort, literweise Tränen zu vergießen
Folytatta a könnyek gallonjait
Bald war ein großer Pool um sie herum
Hamarosan egy nagy medence volt körülötte
und das Wasser reichte bis zur Hälfte des Flurs
és a víz elérte a terem felét
Nach einer Weile hörte sie ein leises Getrappel von Füßen
Egy idő után hallotta a lábak kis pattogását
Sie hörte die Füße aus der Ferne kommen
Hallotta a lábát a távolból
Und sie trocknete sich hastig die Augen, um zu sehen, was kommen würde
és sietve megszárította a szemét, hogy lássa, mi jön
Es war das weiße Kaninchen, das zurückkehrte
A Fehér Nyúl visszatért
Er war prächtig gekleidet
Pompásan volt öltözve
Er hatte ein Paar weiße Handschuhe in der einen Hand
Egy pár fehér kesztyű volt az egyik kezében
Und in der anderen Hand hatte er einen großen Federfächer
És volt egy nagy tolllegyezője a másik kezében
Er kam in großer Eile dahergetrabt
Nagy sietve ügetve jött
und er murmelte vor sich hin: »Ach! die Herzogin, die Herzogin!«
és azt motyogta magában: "Ó! a hercegnő, a hercegnő!"
»Ach! wird sie nicht wild sein, wenn ich sie habe warten lassen?«
"Óh! nem lesz vad, ha várakoztattam!"

Als das Kaninchen in ihre Nähe kam, sprach Alice
Amikor a Nyúl a közelébe ért, Alice megszólalt
aber sie sprach mit leiser, schüchterner Stimme
De halk, félénk hangon beszélt
"Sir, bitte hören Sie für einen Moment auf, was Sie tun"
"Uram, kérem, hagyja abba egy pillanatra, amit csinál"
Das Kaninchen erschrak heftig
A Nyúl hevesen megijedt
Er ließ die weißen Handschuhe und den Federfächer fallen
Ledobta a fehér kesztyűt és a tolllegyezőt
und er eilte fort in die Dunkelheit, so schnell er konnte
és elsurrant a sötétségbe, amilyen gyorsan csak tudott
Alice hob den Federfächer und die Handschuhe auf
Alice felvette a tollventilátort és a kesztyűt
Und sie fächelte sich immer wieder Luft zu, während sie sprach
És folyamatosan legyezgette magát, miközben tovább beszélt
»Liebes, liebes Kind! Wie seltsam ist das alles heute!"
"Kedves, kedves! Milyen furcsa ma minden!"
"Gestern ging es weiter wie bisher"

"Tegnap a dolgok a szokásos módon mentek tovább"
"War ich heute Morgen noch so, als ich aufgestanden bin?"
"Ugyanaz voltam, amikor ma reggel felkeltem?"
"Aber wenn ich nicht mehr derselbe bin, dann ist das eine andere Frage"
"De ha nem vagyok ugyanaz, van egy másik kérdés"
"Wer in aller Welt bin ich?"
"Ki vagyok én a világon?"
"Ah, das ist das große Rätsel!"
"Ah, ez a nagy rejtvény!"
Während sie das sagte, blickte sie auf ihre Hände hinunter
Miközben ezt mondta, lenézett a kezére
Sie trug einen der kleinen weißen Handschuhe des Kaninchens
Az egyik nyúl kis fehér kesztyűt viselt
Sie hatte nicht bemerkt, dass sie den Handschuh angezogen hatte, während sie sprach
Nem vette észre, hogy beszélgetés közben felvette a kesztyűt
"Wie konnte ich das machen?" dachte sie
"Hogyan tehettem ezt?" - gondolta
"Ich muss wieder klein werden"
"Újra kicsinek kell lennem"
Sie stand auf und ging zum Tisch, um ihre Größe zu messen
Felkelt és az asztalhoz ment, hogy megmérje a magasságát
Sie stellte fest, dass sie jetzt etwa einen halben Meter groß war
Megállapította, hogy most körülbelül fél méter magas
und sie schrumpfte immer noch schnell
és még mindig gyorsan zsugorodott
Bald fand sie heraus, was die Ursache für das Schrumpfen war
Hamarosan rájött, mi a zsugorodás oka
Der Federfächer machte sie wieder kleiner!
A tolllegyező ismét kisebbé tette!
Und sie ließ hastig den Federfächer fallen
És sietve eldobta a tollventilátort
Sie ließ den Federfächer gerade noch rechtzeitig fallen, um

sich zu retten
Éppen időben ejtette el a tollventilátort, hogy megmentse
magát
**Hätte sie sich noch länger Luft zugefächelt, wäre sie völlig
zusammengeschrumpft**
Ha tovább legyezte volna magát, teljesen összezsugorodott
volna
»Das war ein knappes Entkommen!« sagte Alice
"Ez egy szűk menekülés volt!" - mondta Alice
und sie erschrak sehr über die plötzliche Veränderung
és nagyon megijedt a hirtelen változástól
aber sie war sehr froh, daß sie noch da war
De nagyon örült, hogy még mindig létezik
"Und jetzt ab in den Garten!"
- És most irány a kert!
**Und sie lief mit aller Geschwindigkeit zurück zu der
kleinen Tür**
És teljes sebességgel visszaszaladt a kis ajtóhoz
Aber ach! Das Türchen wurde wieder geschlossen
De sajnos! A kis ajtó ismét becsukódott
**Und das goldene Schlüsselchen lag wieder auf dem
Glastisch**
És a kis aranykulcs ismét az üvegasztalon hevert
"Es ist schlimmer als je!" dachte das arme Kind
"A dolgok rosszabbak, mint valaha" - gondolta a szegény
gyermek
"So klein war ich noch nie, niemals!"
"Soha nem voltam ilyen kicsi, mint ez, soha!"
Bei diesen Worten rutschte ihr Fuß aus
Ahogy ezeket a szavakat mondta, a lába megcsúszott
Und im nächsten Augenblick gab es ein großes Plätschern!
És egy másik pillanatban nagy csobbanás volt!
Sie stand bis zum Kinn im Salzwasser
állig ért a sós vízben
Ihre erste Idee war, dass sie irgendwie ins Meer gefallen war
Az első ötlete az volt, hogy valahogy beleesett a tengerbe
Sie erkannte jedoch bald, worin sie sich befand

Azonban hamarosan rájött, hogy miben van
Sie war in einer Tränenlache
Könnyek medencéjében volt
**die Tränen, die sie geweint hatte, als sie zwei Meter groß
war**
a könnyek, amelyeket két méter magas korában sírt

In diesem Augenblick hörte sie etwas
Ekkor hallott valamit
Etwas plätscherte im Pool herum
Valami fröccsent a medencében
Das Plätschern kam aus einiger Entfernung
A fröccsenés egy kicsit messziről jött
**und sie schwamm näher, um zu sehen, was das Plätschern
war**
és közelebb úszott, hogy megnézze, mi a csobbanás
Bald sah sie, dass es nur eine kleine Maus war

Hamarosan látta, hogy ez csak egy kis egér
Auch die kleine Maus war ins Wasser geschlüpft
A kisegér is becsúszott a vízbe
Alice dachte bei sich über die Situation nach
Alice gondolta magában a helyzetet
"Würde es etwas nützen, mit dieser Maus zu sprechen?"
- Hasznos lenne beszélni ezzel az egérrel?
"Hier unten steht alles auf dem Kopf"
"Itt minden olyan fejjel lefelé van"
"Ich denke, es ist sehr wahrscheinlich, dass diese Maus sprechen kann."
"Nagyon valószínűnek kellene tartanom, hogy ez az egér tud beszélni"
"Es schadet jedenfalls nicht, es zu versuchen"
"Mindenesetre nem árt megpróbálni"
Also begann sie zu versuchen, mit der Maus zu sprechen
Így hát megpróbált beszélni az egérrel
"Oh Maus, kennst du den Weg aus diesem Pool?"
- Ó, egér, tudod a kiutat ebből a medencéből?
"Ich bin es leid, hier herumzuschwimmen, oh Maus!"
- Nagyon belefáradtam az úszásba, ó, egér!
Die Maus schaute sie ziemlich neugierig an
Az egér meglehetősen kíváncsian nézett rá
Die Maus schien mit einem ihrer kleinen Augen zu blinzeln
Az egér mintha kacsintott volna az egyik kis szemével
Aber die kleine Maus sagte nichts
De a kisegér nem szólt semmit
"Vielleicht versteht die Maus kein Englisch!" dachte Alice
"Talán az egér nem ért angolul" - gondolta Alice
"Ich wage zu behaupten, es ist eine französische Maus"
"Merem állítani, hogy ez egy francia egér"
"Vielleicht kam diese Maus mit Wilhelm dem Eroberer herüber"
"talán ez az egér jött át Hódító Vilmossal"
Also fing sie wieder an, auf Französisch
Így hát újra elkezdte, franciául
"Wo ist meine Katze?", fragte sie auf Französisch

"Hol van a macskám?" – kérdezte franciául
es war der erste Satz in ihrem französischen Unterrichtsbuch
ez volt francia leckekönyvének első mondata
Die Maus machte einen plötzlichen Sprung aus dem Wasser
Az Egér hirtelen kiugrott a vízből
Und die Maus schien am ganzen Leibe vor Schreck zu zittern
és úgy tűnt, hogy az egér reszket az ijedtségtől
"Oh, ich bitte um Verzeihung!" rief Alice hastig
- Ó, bocsánatot kérek! - kiáltotta Alice sietve
Sie fürchtete, sie habe die Gefühle des armen Tieres verletzt
Attól félt, hogy megsértette a szegény állat érzéseit
"Ich habe ganz vergessen, dass du keine Katzen magst"
"Teljesen elfelejtettem, hogy nem szereted a macskákat"
"Ich mag keine Katzen!" rief die Maus mit schriller, leidenschaftlicher Stimme
"Nem szeretem a macskákat!" kiáltotta az Egér reszkető, szenvedélyes hangon
"Hättest du gerne Katzen, wenn du ich wärst?"
- Szeretnél macskákat, ha én lennél?
Alice tröstete die Maus in einem beruhigenden Ton
Alice megnyugtató hangon vigasztalta az egeret
"Naja, vielleicht würde ich an deiner Stelle auch keine Katzen mögen"
- Nos, talán én sem szeretnék macskákat, ha te lennék.
"Bitte ärgern Sie sich nicht über die Erwähnung von Katzen"
"Kérlek, ne haragudj a macskák említése miatt"
"Und doch wünschte ich, ich könnte dir unsere Katze Dina zeigen"
"És mégis azt kívánom, bárcsak megmutathatnám neked a macskánkat, Dinah-t"
"Wenn du sie treffen würdest, würdest du wohl Gefallen an Katzen finden"
"Ha találkoznál vele, azt hiszem, kedvet kapnál a macskákhoz"
"Wenn du sie nur sehen könntest"
"Bárcsak láthatnád"

"Sie ist so ein liebes, stilles Ding"
"Olyan kedves, csendes dolog"
Die Maus zitterte am ganzen Körper
Az egér egész testében remegett
Alice war sich sicher, dass die Maus wirklich beleidigt sein musste
Alice biztos volt benne, hogy az egér biztosan megsértődött
"Wir reden nicht mehr über sie, wenn du lieber nicht willst"
"Nem beszélünk róla többet, ha inkább nem"
"Wir, allerdings!" rief die Maus
"Mi, valóban!" kiáltotta az Egér
Die Maus zitterte bis zum Ende ihres Schwanzes
Az egér a farka végéig remegett
»Als ob ich über so ein Thema reden würde!«
- Mintha ilyen témáról beszélnék!
"Unsere Familie hat Katzen schon immer gehasst"
"A családunk mindig utálta a macskákat"
"Katzen; Gemeine, niedrige, gemeine Dinger!"
"macskák; Csúnya, alacsony, vulgáris dolgok!"
"Laß mich den Namen nicht noch einmal hören!"
"Ne engedd, hogy újra halljam a nevet!"
"Katzen will ich ja nicht mehr erwähnen!" sagte Alice
"Nem említem többé a macskákat!" - mondta Alice
Sie hatte es sehr eilig, das Thema zu wechseln
Nagyon sietett megváltoztatni a témát
"Bist du... Lieben Sie Hunde?«
"Te vagy... Szereted a kutyákat?"
"Es gibt so einen netten kleinen Hund in der Nähe unseres Hauses."
"Van egy ilyen kedves kis kutya a házunk közelében,"
"Ich möchte dir den kleinen Hund zeigen!"
- Szeretném megmutatni neked a kis kutyát!
"Dieser kleine Hund tötet alle Ratten und...
"Ez a kis kutya megöli az összes patkányt és...
»O je!« rief Alice in traurigem Tone
- Ó, drágám! - kiáltotta Alice szomorú hangon
»Ich fürchte, ich habe dich schon wieder beleidigt!«

- Attól tartok, megint megbántottalak!
Die Maus schwamm so schnell sie konnte von ihr weg
Az egér olyan gyorsan úszott el tőle, ahogy csak tudott
Und die Maus machte einen ziemlichen Aufruhr im Tümpel
És az egér elég nagy felfordulást okozott a medencében
Da rief sie leise der Maus nach
Így halkan hívta az egeret
"Meine liebe Maus, komm bitte zurück!"
"Kedves egerem, kérlek, gyere vissza!"
"Und wir werden nicht über Katzen sprechen"
"És nem fogunk beszélni a macskákról"
"Und über Hunde müssen wir auch nicht reden"
"És a kutyákról sem kell beszélnünk"
Als die Maus das hörte, drehte sie sich um
Amikor az egér ezt meghallotta, megfordult
Und die kleine Maus schwamm langsam zu ihr zurück
És a kis egér lassan visszaúszott hozzá
Das Gesicht der Maus war ganz blaß
Az egér arca egészen sápadt volt
Und die Maus sprach mit leiser, zitternder Stimme
és az egér halk, remegő hangon beszélt
"Lasst uns ans Ufer gehen"
"Menjünk a partra"
"Und dann erzähle ich dir meine Geschichte"
"és akkor elmondom neked a történetemet"
**"Und du wirst verstehen, warum ich Katzen und Hunde
hasse"**
"és meg fogod érteni, miért utálom a macskákat és a kutyákat"
Es war höchste Zeit zu gehen
Legfőbb ideje volt menni
weil der Pool ziemlich voll wurde
mert a medence meglehetősen zsúfolt volt
Andere Vögel und Tiere waren in den Pool gefallen
Más madarak és állatok beleestek a medencébe
es gab eine Ente und einen Dodo
volt egy kacsa és egy dodó
und da waren ein Lory-Vogel und ein Adler

és volt egy Lory madár és egy Eaglet
**und es gab noch einige andere interessant aussehende
Kreaturen**
És számos más érdekes kinézetű lény is volt
Alice führte den Weg aus dem Pool
Alice vezette a kiutat a medencéből
und die ganze Gesellschaft der Tiere schwamm ans Ufer
és az állatok egész csoportja úszott a partra

Ein Caucus-Rennen und ein langer Schwanz
Egy caucus verseny és egy hosszú farok
Es waren in der Tat ein lustig aussehender Haufen Tiere
Valóban vicces kinézetű állatcsapat voltak
und sie versammelten sich alle am Ufer des Wassers
és mindannyian összegyűltek a víz partján
die Vögel hatten alle zerzauste Federn
A madaraknak mind kócos tollai voltak
und die pelzigen Tiere waren durchnässt
és a szőrös állatokat átitatták
und alle waren triefend nass, genervt und unwohl
és mindegyik nedvesen, bosszúsan és kényelmetlenül
csöpögött

Es gab eine Frage, die zuerst beantwortet werden musste
Volt egy kérdés, amit először meg kellett válaszolni
Was ist der beste Weg für alle, um trocken zu werden?
Mi a legjobb módja annak, hogy mindenki kiszáradjon?
Sie hatten eine Konsultation zu diesem Thema
Konzultáltak erről az ügyről
Bald waren sie alle auf vertrautem Einvernehmen
Hamarosan mindannyian ismerős viszonyban voltak

Es war, als ob sie sie ihr ganzes Leben lang gekannt hätte
Olyan volt, mintha egész életében ismerte volna őket
Die Maus schien eine Person mit einer gewissen Autorität zu sein
Az egér valamilyen tekintélyes személynek tűnt
"Setzt euch, ihr alle, und hört mir zu!
"Üljetek le mindannyian, és hallgassatok rám!
"Ich werde euch bald wieder alle trocken machen!"
"Hamarosan újra szárazzá teszlek benneteket!"
Sie setzten sich alle auf einmal in einem großen Ring nieder
Mindannyian egyszerre ültek le, egy nagy gyűrűben
Und die kleine Maus saß in der Mitte
És a kis egér középen ült
"Ähm!" sagte die Maus mit einer wichtigen Miene
"Ahem!" - mondta az egér fontos levegővel
"Seid ihr bereit?"
- Készen álltok?
"Das ist das Trockenste, was ich kenne"
"Ez a legszárazabb dolog, amit tudok"
»Schweigen Sie ringsum, wenn Sie wollen!«
"Csend körös-körül, ha tetszik!"
"Wilhelm der Eroberer wurde vom Papst begünstigt"
"Hódító Vilmosnak kedvezett a pápa"
"aber er wurde bald von den Engländern unterworfen"
"de hamarosan behódoltak neki az angolok"
"Sie wollten in letzter Zeit Führer"
"Kései vezetőket akartak"
"Und sie waren an Macht und Eroberung gewöhnt"
"és hozzászoktak a hatalomhoz és a hódításhoz"
"Edwin und Morcar, die Grafen von Mercia und Northumbria"
"Edwin és Morcar, Mercia és Northumbria grófjai"
»Pfui!« sagte der Lori-Vogel mit einem Schauer
"Ugh!" - mondta a lori madár reszketve
"und sogar Stigand, der patriotische Erzbischof von Canterbury"
"és még Stigand, Canterbury hazafias érseke is"

"Er fand es auch ratsam"
"Ő is tanácsosnak találta"
"Was hielt er für ratsam?" fragte die Ente
"Mit talált tanácsosnak?" - kérdezte a kacsa
"Er fand es ratsam", antwortete die Maus ziemlich verärgert
- Tanácsosnak találta - felelte az egér meglehetősen keresztbe
téve
aber die Ente war nicht zufrieden
De a kacsa nem volt elégedett
"Natürlich weißt du, was 'es' bedeutet"
"Természetesen tudod, mit jelent az »ez«"
"Ich weiß, was es ist, wenn ich etwas finde," sagte die Ente
- Tudom, mi az, amikor találok valamit - mondta a kacsa
"Es ist in der Regel ein Frosch oder ein Wurm"
"Általában béka vagy féreg"
"Die Frage ist, was hat der Erzbischof gefunden?"
"A kérdés az, hogy mit talált az érsek?"
Die Maus bemerkte diese Frage nicht
Az egér nem vette észre ezt a kérdést
Stattdessen fuhr die Maus hastig mit der Rede fort
Ehelyett az egér sietve folytatta a beszédet
"Er fand es ratsam, mit Edgar Atheling zu gehen"
"tanácsosnak találta, hogy Edgar Athelinggel menjen"
"um William zu treffen und ihm die Krone anzubieten"
"találkozni Vilmossal és felajánlani neki a koronát"
fuhr die Maus fort und wandte sich dabei an Alice
az egér folytatta, és Alice-hez fordult, miközben beszélt
»Wie geht es dir jetzt, meine Liebe?«
- Hogy állsz most, kedvesem?
»So naß wie immer,« sagte Alice in melancholischem Tone
- Olyan nedves, mint mindig - mondta Alice melankolikus
hangon
"Diese Geschichte scheint mich überhaupt nicht
auszutrocknen"
"Úgy tűnik, ez a történet egyáltalán nem szárít meg"
»In diesem Falle,« sagte der Dodo feierlich und erhob sich
- Ebben az esetben - mondta ünnepélyesen a dodó, talpra állva

"Ich stimme dafür, dass die Sitzung vertagt wird"
"Az ülés elnapolására szavazok"
"und ich schlage vor, sofort energischere Heilmittel zu
ergreifen"
"és javaslom az energikusabb jogorvoslatok azonnali
elfogadását"
"Sprich wahre Worte!" sagte der Adler
"Beszélj igazi szavakat!" - mondta a sas
"Ich weiß nicht, was die Hälfte dieser langen Worte
bedeutet"
"Nem tudom, mit jelent ezeknek a hosszú szavaknak a fele"
»und außerdem glaube ich nicht, daß Sie es wissen!«
- És mi több, azt hiszem, te sem tudod!
»Was ich sagen wollte«, sagte der Dodo in beleidigtem Ton
- Mit akartam mondani - mondta a dodó sértett hangon
"Das Beste, was uns trocken kriegt, wäre ein Caucus-
Rennen"
"A legjobb dolog, hogy szárazra kerüljünk, egy kaukuszi
verseny lenne"
»Was ist ein Caucus-Rennen?« fragte Alice
"Mi az a caucus-race?" - kérdezte Alice

"Nun", sagte der Dodo, "der beste Weg, es zu erklären, ist, es zu tun."
- Nos - mondta a dodó -, a legjobb módja annak, hogy megmagyarázzuk, ha megtesszük.
"Zuerst steckte der Dodo eine Rennbahn ab"
"Először a dodó jelölt ki egy versenypályát"
"Die Strecke verlief in einer Art Kreis"
"A pálya egyfajta körben volt"
"Und dann wurde die ganze Gesellschaft entlang der Strecke platziert"
"És akkor az egész párt a pálya mentén helyezkedett el"
Es gab kein "Eins, zwei, drei und weg!"
Nem volt "Egy, kettő, három és el!"
aber sie fingen an zu rennen, wann sie wollten
De akkor kezdtek el futni, amikor kedvük volt
Und sie beendeten auch, wenn sie wollten
És akkor is befejezték, amikor tetszett nekik
Es war also nicht einfach zu wissen, wann das Rennen vorbei war
Így nem volt könnyű tudni, mikor ért véget a verseny
Nach etwa einer halben Stunde Laufen waren sie alle ziemlich trocken
Körülbelül fél óra futás után mind elég szárazak voltak
der Dodo rief plötzlich: "Das Rennen ist vorbei!"
a dodó hirtelen felkiáltott: "A versenynek vége!"
Und sie drängten sich alle um den Dodo
és mindannyian a dodó körül tolongtak
Alle Tiere hechelten und schnauften
Az összes állat lihegett és puffadt
und sie alle wollten wissen: "Aber wer hat gewonnen?"
és mindannyian tudni akarták, "De ki győzött?"
Diese Frage konnte der Dodo nicht sofort beantworten
Erre a kérdésre a dodó nem tudott azonnal válaszolni
Zuerst musste er sehr viel nachdenken
Először sokat kellett gondolkodnia
Nach langem Nachdenken sprach der Dodo schließlich
Hosszas gondolkodás után a dodó végre megszólalt

"Jeder hat gewonnen, und jeder muss Preise haben"
"Mindenki nyert, és mindenkinek díjat kell kapnia"
»Aber wer soll die Preise geben?« fragte ein Chor von
Stimmen
"De ki adja át a díjakat?" – kérdezte a hangok kórusa
"Nun, sie natürlich", sagte der Dodo
- Hát persze, hogy ő - mondta a dodó
und der Dodo deutete mit einem Finger auf Alice
és a dodó egy ujjal Alice-re mutatott
und die ganze Gesellschaft von Tieren drängte sich um sie
és az állatok egész társasága körülötte tolongott
sie riefen verwirrt: »Preise! Preise!"
zavartan kiáltották: "Díjak! Díjak!"
Alice hatte keine Ahnung, was sie tun sollte
Alice-nek fogalma sem volt, mit tegyen
Verzweifelt steckte sie die Hand in die Tasche
Kétségbeesésében zsebre dugta a kezét
Und sie zog eine Schachtel mit Süßigkeiten hervor
És elővett egy doboz édességet
Glücklicherweise war das Salzwasser nicht in den Kasten
gelangt
Szerencsére a sós víz nem került a dobozba
Und sie reichte die Süßigkeiten als Preise herum
és az édességeket nyereményként adta át
Es gab genau ein Stück für jeden
Pontosan egy darab volt mindenkinek
Das nächste, was sie tun mussten, war, die Süßigkeiten zu
essen
A következő dolog, amit meg kellett tenniük, az volt, hogy
megették az édességeket
Dies verursachte einige Geräusche und Verwirrung
Ez némi zajt és zavart okozott
Die großen Vögel klagten, dass sie ihre Süßigkeiten nicht
schmecken konnten
A nagy madarak panaszkodtak, hogy nem tudják megkóstolni
édességeiket
Die Kleinen verschluckten sich und mussten auf den

Rücken geklopft werden
A kicsik megfulladtak, és hátba kellett veregetni őket
Doch dann war es endlich vorbei
Végre azonban vége volt
Und sie setzten sich wieder in einem Ring nieder
és újra leültek egy gyűrűben
Und sie flehten die Maus an, ihnen noch etwas zu erzählen
És könyörögtek az egérnek, hogy mondjon nekik még valamit
»Du hast versprochen, mir deine Geschichte zu erzählen,
weißt du,« sagte Alice
- Megígérted, hogy elmondod nekem a történetedet, tudod -
mondta Alice
und sie machte noch eine kleine Bemerkung über Katzen im
Flüsterton
És suttogva tett még egy kis megjegyzést a macskákról
Sie wollte die Maus nicht noch einmal beleidigen
Nem akarta újra megsérteni az egeret
die kleine Maus drehte sich zu Alice um und seufzte
a kis egér Alice-hez fordult, és felsóhajtott
"Meine Geschichte ist lang und traurig!"
"Az enyém hosszú és szomorú mese!"
»Es ist gewiß ein langer Schwanz,« sagte Alice
- Ez egy hosszú farok, természetesen - mondta Alice
Und sie blickte verwundert auf den Schwanz der Maus
hinunter
és csodálkozva nézett le az egér farkára
"Aber warum nennst du es einen traurigen Schwanz?"
- De miért nevezed szomorú faroknak?
Und sie rätselte unaufhörlich, während die Maus sprach
És tovább töprengett ezen, miközben az egér beszélt
so daß ihre Vorstellung von der Geschichte ungefähr so
aussah
úgy, hogy a mese ötlete valami ilyesmi volt

        "Fury said to
        a mouse, That
        he met in the
        house, 'Let
        us both go
        to law: *I*
        will prosecute
        you.—
        Come, I'll
        take no denial:
        We must have
        the trial;
        For really
        this morning
    I've
    nothing
    to do.'
        Said the
        mouse to
        the cur,
        'Such a
        trial, dear
        sir, With
            no jury
            or judge,
            would
            be wasting
        our
        breath.'
        'I'll be
        judge,
    I'll be
    jury,'
    said
    cunning
    old
        Fury;
        'I'll
        try
        the
        whole
            cause,
            and
            condemn
        you to
    death.'"

Fury sagte zu einer Maus, die er im Haus getroffen hat."

Fury azt mondta egy egérnek: Hogy találkozott a házban"

Lasst uns beide vor Gericht gehen: Ich werde euch anklagen

Forduljunk mindketten a törvényhez: vádat emelek ellened

Kommen Sie, ich leugne es nicht: Wir müssen den Prozeß haben

Gyere, nem tagadom: meg kell tartanunk a tárgyalást

Denn heute morgen habe ich wirklich nichts zu tun

Mert ma reggel tényleg nincs mit tennem

Sagte die Maus zum Pfarrer;

- mondta az egér a curnak;

Ein solcher Prozeß, lieber Herr, ohne Geschworene und Richter, würde uns den Atem rauben

Egy ilyen tárgyalás, kedves uram, esküdtszék és bíró nélkül, lélegzetvisszafojtást jelentene

»Ich werde Richter sein, ich werde Geschworener sein«, sagte der schlaue alte Fury

"Bíró leszek, esküdtszék" – mondta a ravasz öreg Fury

Ich werde die ganze Sache prüfen und dich zum Tode verurteilen

Megpróbálom az egész ügyet, és halálra ítéllek

die Maus sprach streng zu Alice

az egér komolyan beszélt Alice-hez

"Du passt nicht auf!"

"Nem figyelsz!"

"Woran denkst du?"

- Mire gondolsz?

»Ich bitte um Verzeihung,« sagte Alice sehr demütig

- Bocsánatot kérek - mondta Alice nagyon alázatosan

»Sie waren in der fünften Kurve angelangt, glaube ich?«

- Azt hiszem, eljutottál az ötödik kanyarhoz?

"Du beleidigst mich, indem du so einen Unsinn redest!"

"Megsértesz azzal, hogy ilyen ostobaságokat beszélsz!"

Und die Maus stand auf und ging weg

és az egér felállt és elment

Alice rief der kleinen Maus hinterher

Alice a kis egér után hívott

"Bitte komm zurück und beende deine Geschichte!"

"Kérlek, gyere vissza, és fejezd be a történetedet!"

Und die andern stimmten alle in den Chor ein

És a többiek mind kórusban csatlakoztak

"Ja, bitte beenden Sie Ihre Geschichte!"

"Igen, kérlek, fejezd be a történetedet!"

Aber die Maus schüttelte nur ungeduldig den Kopf

De az egér csak türelmetlenül rázta a fejét

Und die kleine Maus ging ein wenig schneller

És a kis egér egy kicsit gyorsabban sétált
"Ich wünschte, ich hätte Dinah, unsere Katze, hier!" sagte Alice
"Bárcsak itt lenne Dinah, a macskánk!" – mondta Alice
Dies erregte in der Partei ein bemerkenswertes Aufsehen
Ez figyelemre méltó szenzációt okozott a párt körében
Einige der Vögel eilten sofort davon
Néhány madár egyszerre sietett el
und ein Kanarienvogel rief mit zitternder Stimme seinen Kindern zu;
és egy kanári remegő hangon kiáltott gyermekeihez;
»Kommt fort, meine Lieben!«
- Gyertek el, kedveseim!
"Es ist höchste Zeit, dass ihr alle im Bett seid!"
"Itt az ideje, hogy mindannyian ágyban legyetek!"
Mit verschiedenen Ausreden gingen sie alle weg
Különböző kifogásokkal mindannyian elmentek
und Alice war bald allein
és Alice hamarosan egyedül maradt
"Ich wünschte, ich hätte Dina nicht erwähnt!"
- Bárcsak ne említettem volna Dinah-t!
"Niemand scheint sie hier unten zu mögen"
"Úgy tűnik, senki sem szereti őt itt lent"
"Aber ich bin mir sicher, dass sie die beste Katze von der Welt ist!"
"De biztos vagyok benne, hogy ő a legjobb macska a világon!"
Die arme Alice fing wieder an zu weinen
Szegény Alice újra sírni kezdett
weil sie sich sehr einsam und niedergeschlagen fühlte
mert nagyon magányosnak és alacsony szelleműnek érezte magát
Nach einer Weile aber hörte sie wieder etwas
Kis idő múlva azonban ismét hallott valamit
ein leises Getrappel von Schritten in der Ferne
egy kis léptekkel pattogva a távolban
und sie blickte eifrig auf
és mohón felnézett

Der Hase schickt den kleinen Mr. Bill herein
A nyúl beküldi a kis Bill urat

Es war das weiße Kaninchen, das langsam wieder zurücktrabte
A fehér nyúl volt, lassan ügetve vissza
Er sah sich ängstlich um, während er ging
Aggódva nézett körül, ahogy ment
Er sah aus, als hätte er etwas verloren
Úgy nézett ki, mintha elveszített volna valamit
Alice hörte, wie er vor sich hin murmelte
Alice hallotta, amint magában motyogja
»Die Herzogin! Die Herzogin! Oh, meine lieben Pfoten!"
"A hercegnő! A hercegnő! Ó, kedves mancsaim!"
"Oh, mein Fell und meine Schnurrhaare!"
- Ó, a szőröm és a bajuszom!
"Sie wird mich hinrichten lassen, da bin ich mir sicher"
"Ki fog végezni, ebben biztos vagyok"
"Genauso sicher, wie Frettchen Frettchen sind!"
"Éppoly biztos, mint a görények görények!"
"Wo kann ich meine Sachen abgestellt haben, frage ich mich?"
"Hol dobhattam le a dolgaimat, kíváncsi vagyok?"
Alice erriet in einem Augenblick, was er suchte
Alice egy pillanat alatt kitalálta, mit keres
Er war auf der Suche nach dem Federfächer
A tolllegyezőt kereste

Und er suchte nach dem Paar weißer Handschuhe
És kereste a pár fehér kesztyűt
So machte sie sich sehr gutmütig auf die Suche nach den Handschuhen
Tehát nagyon jóindulatúan elkezdte keresni a kesztyűt
Und sie suchte auch nach dem Federfächer
És kereste a tolllegyezőt is
Aber die Handschuhe und der Federfächer waren nirgends zu sehen
De a kesztyűt és a tollventilátort sehol sem lehetett látni
Alles schien sich verändert zu haben, seit sie im Pool geschwommen war
Úgy tűnt, hogy minden megváltozott, mióta úszott a medencében
Nichts war mehr so, wie es war, seit sie in der Großen Halle gewesen war
Semmi sem volt ugyanaz, mióta a nagyteremben volt
und der Glastisch war verschwunden
és az üvegasztal eltűnt
Und die kleine Tür war auch nicht da
És a kis ajtó sem volt ott
Sehr bald bemerkte das Kaninchen Alice
Hamarosan a nyúl észrevette Alice-t
rief er ihr in zornigem Ton zu
Dühös hangon szólította meg
"Mary Ann, was machst du hier draußen?"
- Mary Ann, mit csinálsz itt?
"Lauf in diesem Moment nach Hause"
"Fuss haza ebben a pillanatban"
"Und hol mir ein Paar Handschuhe und einen Federfächer!"
"És hozz nekem egy pár kesztyűt és egy tolllegyezőt!"
"Und beeil dich!"
"És légy gyors!"
Alice sprach mit sich selbst, als sie davonrannte
Alice megszólalt magában, miközben elszaladt
"Er muss mich für sein Hausmädchen gehalten haben!"
- Biztosan összetévesztett engem a szobalányával!

"Wie überrascht wird er sein, wenn er herausfindet, wer ich
bin!"
"Mennyire meg fog lepődni, amikor megtudja, ki vagyok!"
Während sie dies sagte, stieß sie auf ein hübsches Häuschen
Miközben ezt mondta, egy takaros kis házra bukkant
An der Tür des Hauses hing eine helle Messingplatte
A ház ajtaján fényes sárgaréz lemez volt
"W. HASE"
"W. NYÚL"
Sie trat ein, ohne an die Tür zu klopfen
Bement anélkül, hogy kopogtatott volna az ajtón
und sie eilte geradewegs die Treppe hinauf
és egyenesen az emeletre sietett
**sie machte sich Sorgen, dass sie die echte Mary Ann treffen
könnte**
aggódott, hogy talán találkozik az igazi Mary Ann-nel
denn dann würde sie aus dem Haus gejagt werden
mert akkor kifordítanák a házból
**Und sie würde den Federfächer und die Handschuhe nicht
finden können**
És nem találná meg a tollventilátort és a kesztyűt
**Alice hatte den Weg in ein aufgeräumtes Kämmerlein
gefunden**
Alice megtalálta az utat egy rendezett kis szobába
Im Zimmer stand ein Tisch am Fenster
A szobában volt egy asztal az ablak mellett
und auf dem Tisch stand ein Federfächer
És az asztalon egy tollrajongó volt
**Und da waren zwei oder drei Paar winzige weiße
Handschuhe**
és volt két-három pár apró fehér kesztyű
Sie hob den Federfächer und ein Paar Handschuhe auf
Felvette a tolllegyezőt és egy pár kesztyűt
und sie war eben im Begriff, das Zimmer zu verlassen
és éppen el akarta hagyni a szobát
Aber dann fiel ihr Blick auf ein Fläschchen
De aztán a szeme egy kis üvegre esett

Sie entkorkte die Flasche und führte sie an ihre Lippen
Kibontotta az üveget, és az ajkához tette
"Ich hoffe, dass ich dadurch wieder groß werde"
"Remélem, hogy ettől újra nagyra nőök"
"Ich bin es leid, so ein winziges Ding zu sein!"
"Elegem van abból, hogy ilyen apró apróság vagyok!"
Alice hatte kaum die halbe Flasche getrunken
Alice alig itta meg az üveg felét
Ihr Kopf drückte bereits gegen die Decke
A feje már a mennyezethez nyomódott
und sie musste sich bücken
és le kellett hajolnia
um ihr das Genick vor dem Genickbruch zu bewahren
hogy megmentse a nyakát a töréstől
Hastig stellte sie die Flasche ab
Sietve letette az üveget
"Das reicht"
"Ez elég"
"Ich hoffe, ich wachse nicht mehr"
"Remélem, nem növök tovább"
Leider! Es war zu spät, das zu wünschen!
Sajnos! Túl késő volt ezt kívánni!
Sie wuchs und wuchs weiter
Egyre nőtt és nőtt
und sehr bald musste sie sich auf den Boden knien
És hamarosan le kellett térdelnie a padlóra
und selbst dann wuchs sie weiter
És még akkor is tovább nőtt
Als letztes Mittel streckte sie einen Arm aus dem Fenster
Utolsó erőforrásként kinyújtotta az egyik karját az ablakon
und sie setzte einen Fuß auf den Schornstein
és egyik lábát feltette a kéményre
"Jetzt kann ich nicht mehr, was auch immer passiert"
"Most már nem tehetek többet, bármi is történik"
»Was wird aus mir?«
"Mi lesz velem?"

Alice hatte Glück
Alice-nek szerencséje volt
Das kleine Zauberfläschchen hatte seine volle Wirkung entfaltet
A kis varázspalack teljes hatását érezte
und Alice wurde nicht größer, als sie war
és Alice nem nőtt nagyobbra, mint amilyen volt
Nach ein paar Minuten hörte sie draußen eine Stimme
Néhány perc múlva egy hangot hallott odakint
Und sie blieb stehen, um der Stimme zu lauschen
És megállt, hogy meghallgassa a hangot
»Mary Ann! Mary Ann!« sagte die Stimme
"Mary Ann! Mary Ann!" – mondta a hang
"Hol mir gleich meine Handschuhe!"
"Hozd el nekem a kesztyűmet ebben a pillanatban!"
Dann ertönte ein leises Getrappel von Füßen auf der Treppe
Aztán jött egy kis lábdobogás a lépcsőn
Alice wusste, dass es das Kaninchen war, das kam, um sie zu suchen
Alice tudta, hogy a nyúl jön, hogy megkeresse őt

und sie zitterte, bis sie das Haus erschütterte
és addig reszketett, amíg meg nem rázta a házat
Sie vergaß ganz, welche Proportionen sie hatte
Teljesen elfelejtette, hogy milyen arányok vannak
Sie war tausendmal so groß wie das Kaninchen
Ezerszer akkora volt, mint a nyúl
und sie hatte keinen Grund, sich vor einem Kaninchen zu fürchten
És nem volt oka félni egy nyúltól
Bald kam das Kaninchen an die Tür heran
Ekkor a nyúl odajött az ajtóhoz
Und das kleine Kaninchen versuchte, die Tür zu öffnen
És a kis nyúl megpróbálta kinyitni az ajtót
Die Tür begann sich nach innen zu öffnen
Az ajtó befelé kezdett nyílni
aber Alices Ellbogen wurde hart gegen die Tür gedrückt
de Alice könyökét erősen az ajtóhoz nyomta
Dieser Versuch erwies sich als Fehlschlag
Ez a kísérlet kudarcnak bizonyult
Alice hörte, wie das Kaninchen mit sich selbst sprach
Alice hallotta, hogy a nyúl magában beszél
"Dann gehe ich herum und steige durch das Fenster ein"
"Akkor körbemegyek, és bejutok az ablakon"
"Das wirst du nicht!" dachte Alice
"Hogy nem fogsz!" - gondolta Alice
und sie wartete wieder ein wenig
És megint várt egy kicsit;
Bald hörte sie das Kaninchen gerade unter dem Fenster
Hamarosan meghallotta a nyulat az ablak alatt
Plötzlich streckte sie ihre Hand aus
Hirtelen széttárta a kezét
Und sie machte einen Sprung in die Luft
És megragadta a levegőt
Sie bekam nichts in die Finger
Nem kapott semmit
aber sie hörte einen kleinen Schrei und einen Sturz
De hallott egy kis sikolyt és egy esést

und sie hörte ein Krachen von zerbrochenem Glas
és hallotta a törött üveg csattanását
Vielleicht war das Kaninchen gefallen
Talán a nyúl esett
Vielleicht war er in einem Gewächshaus
Talán egy zöld házban volt
Dann ertönte eine zornige Stimme; Die Stimme des Kaninchens
Ezután egy dühös hang jött; a nyúl hangja
"Pat, wo bist du?"
- Pat, hol vagy?
Und dann ertönte eine Stimme, die sie noch nie zuvor gehört hatte
Aztán jött egy hang, amit még soha nem hallott
"Euer Ehren, ich bin hier!"
- Becsületedre, itt vagyok!
"Ich grabe nach Äpfeln"
"Almát ások"
»Hier! Komm und hilf mir da raus!"
"Itt! Gyere és segíts nekem ebben!"
»Nun sag mir, Pat, was ist das da im Fenster?«
- Most mondd meg, Pat, mi van az ablakban?
"Sicher, Euer Ehren, ich werde es Ihnen sagen"
"Persze, becsületedre, megmondom"
"Das ist ein Arm, der im Fenster steckt!"
"Ez egy kar, ami az ablakban van!"
"Na ja, da hat ein Arm nichts zu suchen"
"Nos, egy karnak ott nincs dolga"
"Geh und nimm den Arm weg!"
- Menj, és vedd el a karját!
Hierauf trat ein langes Schweigen ein
Ezután hosszú csend következett
und Alice konnte nur ab und zu ein Flüstern hören
és Alice csak néha hallott suttogást
und endlich streckte sie die Hand wieder aus
és végül ismét kinyújtotta a kezét
Und sie machte einen weiteren Sprung in die Luft

És még egy fogást tett a levegőbe
Diesmal gab es zwei kleine Schreie
Ezúttal két kis sikoly hallatszott
und es gab noch mehr Geräusche von zerbrochenem Glas
És több törött üveghang hallatszott
**"Ich möchte wohl wissen, was sie nun tun werden!" dachte
Alice**
"Kíváncsi vagyok, mit fognak csinálni legközelebb!" - gondolta
Alice
"Ich wünschte, sie würden mich aus dem Fenster ziehen"
"Bárcsak kihúznának az ablakon"
Sie wartete eine Weile
Várt egy ideig
aber eine Weile hörte sie nichts mehr
De egy ideig nem hallott többet
Endlich ertönte das Rumpeln kleiner Rädchen
Végre kis kerekek dübörgése hallatszott
Und da ertönten viele Stimmen
és jó sok hang hallatszott
Alle Stimmen sprachen miteinander
Minden hang együtt beszélt
Sie konnte einige der Worte verstehen
Ki tudott találni néhány szót
"Wo ist die andere Leiter?"
- Hol van a másik létra?
"Bill hat die andere Leiter"
"Billé a másik létra"
"Bill, komm her!"
- Bill, gyere ide!
"Wird das Dach die Last tragen?"
"A tető elbírja a terhet?"
"Wer will schon den Schornstein hinuntergehen?"
- Ki akar lemenni a kéményen?
»Nein, das werde ich nicht! Du machst es!"
"Nem, nem fogom! Te csinálod!"
»Hier, Bill!«
- Itt, Bill!

"Der Meister sagt, du musst in den Schornstein hinunter!"
- A mester azt mondja, hogy le kell menned a kéményen!
Alice zog ihren Fuß so weit den Schornstein hinab, wie sie konnte
Alice olyan messzire húzta a lábát a kéményen, amennyire csak tudta
Und dann wartete sie, was kommen würde
Aztán várta, hogy lássa, mi jön
Sie hörte ein kleines Tier kratzen und krabbeln
Hallotta, hogy egy kis állat kaparja és tülekedik
Das Tierchen muss sich im Schornstein befinden
a kis állatnak a kéményben kell lennie
dann gab sie einen scharfen Tritt
Aztán adott egy éles rúgást
Und sie wartete ab, was als nächstes geschehen würde
És várta, hogy mi fog történni ezután
Sie hörte einen allgemeinen Chor von Stimmen
Hangok általános kórusát hallotta
"Da geht Bill!", sagten alle
"Ott megy Bill!" - mondták mindannyian
Dann hörte sie allein die Stimme des Kaninchens
Aztán egyedül hallotta a nyúl hangját
"Du an der Hecke, fang ihn!"
- Te a sövénynél, kapd el!
Es trat wieder ein Augenblick des Schweigens ein
Újabb pillanatnyi csend következett
Und dann gab es wieder ein Stimmengewirr
Aztán újabb hangzavar támadt
"Halt seinen Kopf hoch, Brandy"
- Tartsa fel a fejét, Brandy!
"Pass auf, dass du ihn nicht würgst"
"Vigyázz, hogy ne fojtsd meg"
"Was ist mit dir passiert?"
- Mi történt veled?
Zuletzt kam eine kleine, schwache, quietschende Stimme
Utoljára egy kissé gyenge, nyikorgó hang jött
"Nun, ich weiß es kaum mehr"

"Nos, alig tudok többet"
"Danke euch allen, mir geht es jetzt besser"
"köszönöm mindenkinek, most már jobban vagyok"
"Es gibt eine Sache, an die ich mich erinnern kann"
"Egy dologra emlékszem"
"Irgendetwas kommt auf mich zu wie ein Zug im Tunnel"
"Valami jön felém, mint egy vonat az alagútban"
"Und ich fliege hoch wie eine Rakete!"
"És felfelé repülök, mint egy égi rakéta!"
Es gab ein oder zwei Minuten des Schweigens
Egy-két perc csend következett
Und dann fingen sie wieder an, sich zu bewegen
Aztán újra mozogni kezdtek
und Alice hörte das Kaninchen wieder sprechen
és Alice újra hallotta a Nyulat beszélni
"Ein Karren voll reicht für den Anfang"
"Először is egy barrowful megteszi"
"Einen Karren voll wovon?" dachte Alice
"Miből egy barrow?" - gondolta Alice
Aber sie wurde nicht lange in Atem gehalten
De nem sokáig tartották felfüggesztve
Ein Regen von kleinen Kieselsteinen drang durch das Fenster
Kis kavicsok zápora jött be az ablakon
und einige der kleinen Kieselsteine trafen sie im Gesicht
és néhány apró kavics arcon ütötte
Alice wunderte sich über die kleinen Kieselsteine
Alice meglepődött a kis kavicsokon
all die kleinen Kieselsteine verwandelten sich in Kuchen
Az összes apró kavics süteményré változott
und eine glänzende Idee kam ihr in den Kopf
És egy ragyogó ötlet jött a fejébe
"Einen von diesen Kuchen sollte ich essen"
"Meg kellene ennem egy ilyen süteményt"
"Der Kuchen wird sicher etwas an meiner Größe ändern"
"A torta biztosan változtat a méretemen"
Also schluckte sie einen der Kuchen

Így lenyelte az egyik süteményt
und sie freute sich, als sie feststellte, dass sie anfing zu schrumpfen
És örömmel tapasztalta, hogy zsugorodni kezdett
Bald war sie klein genug, um durch die Tür zu kommen
Hamarosan elég kicsi volt ahhoz, hogy bejusson az ajtón
Sie rannte aus dem Haus
Kiszaladt a házból
Draußen wartete eine Menge kleiner Tiere und Vögel
Kis állatok és madarak tömege várakozott kint
alle kleinen Vögel und Tiere stürzten sich auf Alice
az összes kis madár és állat Alice-re rohant
aber sie rannte davon, so schnell sie konnte
De elszaladt, amilyen gyorsan csak tudott
und bald fand sie sich sicher in einem dichten Walde
És hamarosan biztonságban találta magát egy sűrű erdőben
Alice irrte im Walde umher
Alice az erdőben kóborolt
Und sie dachte bei sich:
És azt gondolta magában:
"Ich weiß, was ich zuerst zu tun habe"
"Tudom, mit kell először tennem"
"erst muss ich wieder auf meine richtige Größe wachsen"
"először újra a megfelelő méretre kell nőnöm"
"Und dann muss ich den Weg in diesen schönen Garten finden"
"és akkor meg kell találnom az utat abba a szép kertbe"
"Ich glaube, ich sollte irgendetwas essen oder trinken"
"Azt hiszem, ennem vagy innom kellene valamit vagy mást"
"Aber die Frage ist, was soll ich essen oder trinken?"
"De a kérdés az, hogy mit egyek vagy igyak?"
Alice blickte sich um und betrachtete die Blumen
Alice körülnézett a virágokon
Und sie schaute durch die Grashalme hindurch
És átnézett a fűszálakon
aber sie konnte nichts zu essen und zu trinken sehen
De nem látott semmit enni vagy inni

Nichts sah nach dem Richtigen zum Essen oder Trinken aus
Semmi sem tűnt megfelelőnek enni vagy inni
In ihrer Nähe wuchs ein großer Pilz
Egy nagy gomba nőtt a közelében
der Pilz war ungefähr so groß wie Alice
a gomba körülbelül ugyanolyan magas volt, mint Alice;
Sie streckte sich auf den Zehenspitzen auf
Lábujjhegyre nyújtózkodott
Und sie guckte über den Rand des Pilzes
És átkukucskált a gomba szélén
**Ihre Augen trafen sofort die Augen einer großen blauen
Raupe**
A szeme azonnal találkozott egy nagy kék hernyó szemével
Die Raupe saß auf der Spitze des Pilzes
A hernyó a gomba tetején ült
und die Raupe hatte alle Arme gekreuzt
és a hernyó keresztbe tette az összes karját
Und er rauchte leise eine lange Wasserpfeife
És csendesen szívott egy hosszú vízipipa
und er nahm nicht die geringste Notiz von irgendetwas
és a legcsekélyebb figyelmet sem vette semmire
und er achtete gewiß nicht auf Alice
és biztosan nem figyelt Alice-re

Ratschläge von einer Raupe
Tanácsok egy hernyótól

Endlich nahm die Raupe die Shisha aus dem Maul
Végül a hernyó kivette a vízipipát a szájából
und er redete Alice mit einer trägen, schläfrigen Stimme an
és bágyadt, álmos hangon szólította meg Alice-t
"Wer bist du?" fragte die Raupe
"Ki vagy te?" - kérdezte a hernyó

Alice antwortete etwas schüchtern: "Ich weiß es kaum, Sir."
Alice meglehetősen félénken válaszolt: - Alig tudom, uram
"Gerade im Moment ist alles ein bisschen..."
"Csak abban a pillanatban minden egy kicsit..."
"Ich weiß, wer ich war, als ich heute Morgen aufgestanden bin."
"Tudom, ki voltam, amikor ma reggel felkeltem."
"aber ich glaube, ich muss mich seitdem mehrmals verändert haben"
"de azt hiszem, azóta többször is meg kellett változnom"
"Was meinst du damit?" sagte die Raupe
"Mit értesz ez alatt?" – kérdezte a hernyó

Streng forderte die Raupe sie auf, sich zu erklären
A hernyó szigorúan megkérte, hogy magyarázza meg magát
»Ich kann mich nicht erklären, fürchte ich, Sir«, sagte Alice
- Nem tudom megmagyarázni magam, attól tartok, uram -
mondta Alice
"weil ich nicht ich selbst bin"
"mert nem vagyok önmagam"
**"Du siehst, es ist sehr verwirrend, so viele verschiedene
Größen an einem Tag zu haben"**
"Látod, ennyi különböző méret egy nap alatt nagyon zavaró"
Sie raffte sich auf und sagte sehr ernst:
Felhúzta magát, és nagyon komolyan mondta:
"Ich denke, du solltest mir zuerst sagen, wer du bist"
"Azt hiszem, először meg kellene mondanod, ki vagy"
"Warum?" fragte die Raupe
"Miért?" – kérdezte a hernyó
Alice fiel kein guter Grund ein
Alice nem jutott eszébe semmi jó ok
**und die Raupe schien sich in einem sehr unangenehmen
Gemütszustand zu befinden**
És úgy tűnt, hogy a hernyó nagyon kellemetlen lelkiállapotban
van
also wandte sie sich ab
Ezért elfordult
"Komm zurück!" rief ihr die Raupe nach
"Gyere vissza!" - kiáltotta utána a hernyó
"Ich habe etwas Wichtiges zu sagen!"
"Van valami fontos mondanivalóm!"
Alice drehte sich um und kam wieder zurück
Alice megfordult, és újra visszajött
"Behalte die Fassung!" sagte die Raupe
- Tartsd meg a türelmedet - mondta a hernyó
»Ist das alles?« fragte Alice
"Ez minden?" – kérdezte Alice
und sie schluckte ihren Zorn hinunter, so gut sie konnte
és lenyelte a haragját, ahogy csak tudta
"Nein!" sagte die Raupe

- Nem - mondta a hernyó
Die Raupe breitete ihre Arme aus
A hernyó kinyitotta a karját
Und er nahm die Shisha wieder aus dem Mund
És újra kivette a vízipipát a szájából
Und er sagte: "Du glaubst also, du bist verändert, oder?"
és azt mondta: "Tehát azt hiszed, hogy megváltoztál, ugye?"
»Ich fürchte, ich bin verändert, Sir,« sagte Alice
- Félek, megváltoztam, uram - mondta Alice
**"Ich kann mich nicht mehr so an Dinge erinnern, wie ich sie
früher in Erinnerung hatte"**
"Nem emlékszem úgy a dolgokra, mint régen"
"Und ich bleibe nicht länger als zehn Minuten gleich groß!"
"És nem maradok ugyanabban a méretben tíz percnél tovább!"
"Wie groß willst du sein?" fragte die Raupe
"Milyen méretű akarsz lenni?" – kérdezte a hernyó
**»Oh, es ist mir nicht besonders wichtig, wie groß ich bin«,
erwiderte Alice hastig**
- Ó, nem különösebben bánom, hogy mekkora vagyok -
válaszolta Alice sietve
**"Ich mag es einfach nicht, so oft die Größe zu wechseln,
weißt du"**
"Egyszerűen nem szeretem olyan gyakran megváltoztatni a
méretet, tudod"
"Ich würde gerne etwas größer sein, Sir"
- Szeretnék egy kicsit nagyobb lenni, uram
»wenn es dir nichts ausmacht,« fügte Alice hinzu
- Ha nem bánnád - tette hozzá Alice
"Zehn Zentimeter sind so eine erbärmliche Größe"
"Tíz centiméter olyan nyomorult magasság"
**"Das ist wirklich eine sehr gute Höhe!" sagte die Raupe
ärgerlich**
"Valóban nagyon jó magasság!" - mondta a hernyó dühösen
und er richtete sich auf, während er sprach
és beszéd közben felegyenesedett
Er war genau zehn Zentimeter groß
Pontosan tíz centiméter magas volt

**In ein oder zwei Minuten war die Raupe vom Pilz
heruntergekommen**
Egy-két perc múlva a hernyó leereszkedett a gombáról
und er kroch ins Gras
és elkúszott a fűbe
Als er sich entfernte, machte er einige kleine Bemerkungen
Ahogy elment, tett néhány apró megjegyzést
"Eine Seite lässt dich größer werden"
"Az egyik oldalon magasabb leszel"
"Und die andere Seite wird dich kleiner werden lassen"
"És a másik oldalon rövidebb leszel"
"Eine Seite wovon?" dachte Alice bei sich
"Minek az egyik oldala?" - gondolta magában Alice;
"Die andere Seite von was?"
- Mi a másik oldala?
"Die Seite des Pilzes!" sagte die Raupe
- A gomba oldala - mondta a hernyó
Es war, als hätte sie ihre Frage laut gestellt
Olyan volt, mintha hangosan tette volna fel a kérdését
und im nächsten Augenblick war er außer Sichtweite
És egy másik pillanatban eltűnt a látóköréből
Alice blieb stehen und betrachtete den Pilz nachdenklich
Alice továbbra is elgondolkodva nézte a gombát
**Sie versuchte herauszufinden, welche die beiden Seiten des
Pilzes waren**
Megpróbálta kitalálni, hogy melyik a gomba két oldala
Endlich streckte sie ihre Arme um den Pilz
Végül kinyújtotta karját a gomba körül
und sie brach ein Stück der Ränder ab
És egy kicsit letörte a széleit
»Und nun, welche Seite ist welche?« fragte sie sich
"És most melyik oldal melyik?" - kérdezte magában
**und sie knabberte ein wenig von dem Stück der rechten
Hand**
És egy kicsit megrágta a jobb oldali bitet
**Im nächsten Augenblick spürte sie einen heftigen Schlag
unter ihrem Kinn**

A következő pillanatban heves ütést érzett az álla alatt
Ihr Kinn hatte ihren Fuß getroffen!
Az álla megütötte a lábát!
Sie war sehr erschrocken über diese sehr plötzliche Veränderung
Nagyon megijedt ettől a hirtelen változástól
Sie schrumpfte sehr schnell
Nagyon gyorsan zsugorodott
Also aß sie schnell etwas von dem anderen Stück Pilz
Így gyorsan megette a másik darab gombát
Ihr Kinn war sehr eng gegen ihren Fuß gepresst
Az állát nagyon szorosan a lábához nyomta
Es war kaum Platz, um den Mund aufzumachen
alig volt hely kinyitni a száját
aber schließlich gelang es ihr, den Mund aufzumachen
De végre sikerült kinyitnia a száját
und sie schluckte einen Bissen von dem linken Stück
és lenyelt egy falatot a bal oldali bitből
»mein Kopf ist endlich frei!« sagte Alice
"Végre kiszabadították a fejem!" – mondta Alice
Sie blickte an sich herunter
Lenézett magára
aber alles, was sie sehen konnte, war ein ungeheurer Hals
De csak egy roppant hosszú nyakat látott
Ihr Hals schien sich wie ein Stiel zu erheben
A nyaka úgy tűnt, hogy felemelkedik, mint egy szár
Und sie blickte auf ein Meer von grünen Blättern hinab
és lenézett a zöld levelek tengerére
"Wo sind meine Schultern geblieben?"
- Hová került a vállam?
»Und ach, meine armen Hände, wie kommt es, daß ich euch nicht sehen kann?«
- És ó, szegény kezem, hogy lehet az, hogy nem látlak?
Aber ihr Hals hatte einen Vorteil
De a nyakának volt egy előnye
Sie konnte ihren Kopf in jede Richtung bewegen
Bármilyen irányba mozgathatta a fejét

Tatsächlich war sie wie eine Schlange
Valójában olyan volt, mint egy kígyó
Sie senkte anmutig ihren Kopf im Zickzack
Kecsesen cikcakkban lehajtotta a fejét
Und sie bewegte ihren Kopf durch die Bäume
És mozgatta a fejét a fák között
Aber dann hörte sie ein scharfes Zischen
De aztán éles sziszegést hallott
Und sie zog schnell den Kopf zurück
és gyorsan visszahúzta a fejét
Eine große Taube war ihr ins Gesicht geflogen
Egy nagy galamb repült az arcába
und die Taube fuhr mit den Flügeln heftig zusammen
És a galamb erőszakosan volt a szárnyaival

»Schlange!« rief die Taube
"Kígyó!" kiáltotta a galamb
"Ich bin keine Schlange!" sagte Alice entrüstet
"Nem vagyok kígyó!" – mondta Alice felháborodottan

"Laß mich in Ruhe!"
- Hagyj békén!
"Ich habe die Wurzeln von Bäumen ausprobiert"
"Kipróbáltam a fák gyökereit"
"Und ich habe es mit Hecken versucht", fuhr die Taube fort
- És kipróbáltam a sövényeket - folytatta a galamb
»Aber diese Schlangen! Man kann es ihnen nicht recht machen!"
"De azok a kígyók! Nincs kedvük hozzájuk!"
Alice war immer verwirrter
Alice egyre zavartabb volt
"Als ob es nicht schon Mühe genug wäre, die Eier auszubrüten!" sagte die Taube
- Mintha nem lenne elég gond a tojások kikeltetésével - mondta a galamb
"Tag und Nacht muss ich mich auch vor Schlangen in Acht nehmen!"
"éjjel-nappal vigyáznom kell a kígyókra is!"
"Ich hatte gerade den höchsten Baum im Wald gefunden"
"Most találtam meg az erdő legmagasabb fáját"
"Wäre ich hier sicher frei von Schlangen?"
- Biztosan itt megszabadulnék a kígyóktól?
"Und heraus kommt eine Schlange vom Himmel!"
"És kígyó jön ki az égből!"
"Aber ich bin keine Schlange, sage ich dir!" sagte Alice
"De én nem vagyok kígyó, mondom neked!" – mondta Alice
"Ich bin ein... Ich bin ein... Ich bin ein kleines Mädchen«, fügte sie etwas zweifelnd hinzu
"Egy... Egy... Kislány vagyok – tette hozzá meglehetősen kételkedve
Schließlich hatte sie viele Veränderungen durchgemacht
Végül is sok változáson ment keresztül
"Du suchst Eier!" sagte die Taube
- Tojást keresel - mondta a galamb
"Das weiß ich mit Sicherheit"
"Ezt tényként tudom"
"Und was macht es aus, ob du ein kleines Mädchen oder

eine Schlange bist?"

"És mit számít, ha kislány vagy kígyó vagy?"

»Es liegt mir sehr viel daran,« sagte Alice hastig

- Nagyon sokat számít nekem - mondta Alice sietve

"Aber ich bin nicht auf der Suche nach Eiern, wie es der
Zufall will"

"de nem keresek tojást, ahogy történik"

"Und ich würde deine Eier sowieso nicht wollen"

"és amúgy sem akarnám a tojásaidat"

"Ich mag meine Eier nicht roh"

"Nem szeretem a tojásaimat nyersen"

»Nun, dann fort!« sagte die Taube in mürrischem Tone

"Nos, akkor indulj el!" - mondta a galamb mogorva hangon

und die Taube ließ sich wieder in ihrem Nest nieder

és a galamb ismét letelepedett a fészkébe

Alice kauerte sich zwischen die Bäume, so gut sie konnte

Alice lekuporodott a fák közé, ahogy csak tudott

Ihr Hals verfing sich immer wieder zwischen den Ästen

A nyaka folyton belegabalyodott az ágak közé

Hin und wieder musste sie anhalten und ihren Hals
aufdrehen

Hébe-hóba meg kellett állnia, és ki kellett csavarnia a nyakát

Nach einer Weile erinnerte sie sich an den Pilz

Egy idő után eszébe jutott a gomba

Sie hielt die Pilzstücke noch immer in ihren Händen

Még mindig a kezében tartotta a gombadarabokat

Und sie machte sich sehr vorsichtig an die Arbeit

És nagyon óvatosan munkához látott

Zuerst knabberte sie an einem Stück

Először egy darabot rágcsált

Und dann knabberte sie an dem anderen Stück

Aztán a másik darabot rágcsálta

Manchmal wurde sie größer

néha magasabb lett

und manchmal wurde sie kleiner

és néha rövidebb lett

Aber schließlich erreichte sie ihre übliche Größe

De végül elérte a szokásos magasságát
Sie war schon seit einiger Zeit nicht mehr so groß wie sie selbst
Egy ideje nem volt a saját magassága
So fühlte sich alles eine Zeit lang seltsam an
Szóval egy ideig minden furcsának tűnt
"Das nächste, was zu tun ist, ist, in diesen schönen Garten zu gehen"
"A következő dolog, amit meg kell tennie, hogy bejusson abba a gyönyörű kertbe"
»wie soll man das machen?«
"Hogy lehet ezt csinálni, kíváncsi vagyok?"
Während sie dies sagte, stieß sie auf einen offenen Platz
Miközben ezt mondta, egy nyitott helyre bukkant
Da war ein kleines Haus, etwas höher als einen Meter
Volt egy kis ház, valamivel magasabb, mint egy méter
"Ich frage mich, wer in diesem kleinen Haus wohnt"
"Kíváncsi vagyok, ki lakik ebben a kis házban"
"So groß wie ich bin, kann ich sicher nicht reingehen"
"Biztosan nem tudok olyan nagyot bemenni, mint amilyen vagyok"
"Ich würde sie fürchterlich erschrecken!"
"Rettenetesen megijeszteném őket!"
Also knabberte sie wieder an dem kleinen Pilz
Így hát megint a kis gombát rágcsálta
Und bald brachte sie sich dreißig Zentimeter tief
és hamarosan harminc centiméterrel lejjebb vitte magát

Ein Schwein und etwas Pfeffer
Egy disznó és egy kis bors

Ein oder zwei Minuten lang stand sie da und betrachtete das Haus

Egy-két percig csak állt, és nézte a házat

Plötzlich kam ein Lakai aus dem Walde gerannt

Hirtelen egy gyalogos futott ki az erdőből

Er trug eine spezielle Livree-Uniform

Különleges festésű egyenruhát viselt

Seinem Gesicht nach zu urteilen, hätte sie ihn einen Fisch genannt

Csak az arcából ítélve halnak nevezte volna

und er klopfte laut mit den Fingerknöcheln an die Tür

És hangosan kopogtatott az ajtón a csuklójával

Die Tür wurde von einem anderen Lakaien geöffnet

Az ajtót egy másik gyalogos nyitotta ki

Auch dieser Lakai trug eine besondere Livree

Ez a gyalogos is különleges ruhát viselt

Dieser Lakai hatte ein rundes Gesicht und große Augen wie ein Frosch

Ennek a gyalogosnak kerek arca és nagy szeme volt, mint egy béka

Der Lakai, der wie ein Fisch aussah, leitete die Zeremonie
ein
A halnak látszó gyalogos kezdeményezte a szertartást
Er zog etwas unter seinem Arm hervor
Kihúzott valamit a hóna alól
Und er zog unter seinem Arm einen Umschlag hervor
és kihúzott a hóna alól egy borítékot
und diesen Umschlag übergab er dem andern Lakaien
és ezt a borítékot átadta a másik gyalogosnak
In zeremoniellem Tone teilte er ihm die Befehle mit
Ünnepélyes hangon elmondta neki a parancsokat
"Diese Botschaft ist für die Herzogin"
"Ez az üzenet a hercegnőnek szól"
"Eine Einladung der Königin zum Krocketspielen"
"Meghívás a királynőtől krokettezni"
Der Lakai, der wie ein Frosch aussah, wiederholte den
Befehl
A békának látszó gyalogos megismételte a parancsot
"Von der Königin"
"A királynőtől"
"Eine Einladung"
"Meghívó"
"für die Herzogin"
"a hercegnő számára"
"Krocket spielen"
"Krokett játék"
Dann verbeugten sie sich beide tief
Aztán mindketten mélyen meghajoltak
und die Locken in ihren Perücken verwickelten sich
ineinander
és a parókájukban lévő fürtök összefonódtak
Bald war der Lakai, der wie ein Fisch aussah, verschwunden
Hamarosan eltűnt a gyalogos, aki úgy nézett ki, mint egy hal
Aber der Lakai, der wie ein Frosch aussah, war immer noch
da
De a békának látszó gyalogos még mindig ott volt
Er saß auf dem Boden in der Nähe der Tür

A földön ült az ajtó közelében
Er starrte dumm in den Himmel
Hülyén bámult az égre
Alice ging schüchtern zur Tür und klopfte
Alice félénken odament az ajtóhoz és kopogtatott
»Es hat keinen Zweck, anzuklopfen,« sagte der Lakai
- Nincs értelme kopogtatni - mondta a gyalogos
"Und das aus zwei Gründen"
"És ennek két oka van"
"Erstens, weil ich auf der gleichen Seite der Tür stehe wie du"
"Először is, mert én az ajtónak ugyanazon az oldalán vagyok, mint te"
"Zweitens, weil sie drinnen so viel Lärm machen"
"Másodszor, mert olyan nagy zajt csapnak odabent"
"Niemand könnte dich hören"
"Senki sem hallhatott téged"
Und es war gewiß ein höchst merkwürdiger Lärm im Innern
És minden bizonnyal rendkívüli zaj hallatszott odabent
ein ständiges Heulen und Niesen
állandó üvöltés és tüsszentés
und ab und zu ein Geräusch von großem Krachen
és hébe-hóba nagy összeomlás hangja
als ob eine Schüssel oder ein Wasserkocher in Stücke zerbrochen wäre
mintha egy edényt vagy vízforralót törtek volna darabokra
"Wie soll ich da reinkommen?" fragte Alice
"Hogyan jutok be?" – kérdezte Alice
»Wollen Sie überhaupt hineinkommen?« fragte der Lakai
"Be kellene egyáltalán szállnod?" – kérdezte a gyalogos
"Das ist die erste Frage, weißt du"
"Ez az első kérdés, tudod"
Alice öffnete die Tür und trat ein
Alice kinyitotta az ajtót, és bement
Die Tür führte direkt in eine große Küche
Az ajtó egyenesen egy nagy konyhába vezetett
Die Küche war von einem Ende bis zum anderen voller

Rauch

A konyha tele volt füsttel az egyik végétől a másikig

in der Mitte der Küche saß die Herzogin

a konyha közepén volt a hercegnő

Sie saß auf einem dreibeinigen Hocker

Egy háromlábú zsámolyon ült

und sie stillte ein Baby

És egy csecsemőt szoptatott

Die Köchin beugte sich über das Feuer

A szakács a tűz fölé hajolt

Er rührte einen großen Kessel

Egy nagy kaldront kavargatott

und der Kessel schien mit Suppe gefüllt zu sein

És úgy tűnt, hogy a kaldron tele van leveszel

"Da ist sicher zu viel Pfeffer drin!" sagte Alice zu sich selbst

"Biztosan túl sok bors van abban a levesben!" Alice azt mondta magában:

Sie sagte es, so gut sie konnte, ohne zu niesen

A lehető legjobban mondta, tüsszentés nélkül

Sogar die Herzogin nieste gelegentlich

Még a hercegnő is tüsszentett néha

Aber die Handlungen des Babys waren am bemerkenswertesten

De a baba cselekedetei voltak a legfigyelemreméltóbbak

Das Baby nieste und heulte abwechselnd

A baba felváltva tüsszentett és üvöltött

Es gab keinen Augenblick Pause zwischen Heulen und Niesen

Egy pillanatnyi szünet sem volt az üvöltés és a tüsszentés között

Es gab zwei Kreaturen in der Küche, die nicht niesten

Két lény volt a konyhában, amelyek nem tüsszentettek

Die Köchin war zu beschäftigt, um zu niesen

A szakács túl elfoglalt volt ahhoz, hogy tüsszentsen

Und die große Katze schien sich nicht an dem Pfeffer zu stören

És úgy tűnt, hogy a nagy macska nem bánja a borsot

Stattdessen grinste die große Katze von einem Ohr zum anderen
Ehelyett a nagy macska fültől fülig vigyorgott
»Bitte, würdest du es mir sagen,« sagte Alice ein wenig schüchtern
- Kérem, mondja meg nekem - mondta Alice kissé félénken
"Warum grinst deine Katze so?"
"Miért vigyorog így a macskád?"
»Es ist eine Cheshire-Katze,« sagte die Herzogin
- Ez egy Cheshire-macska - mondta a hercegnő
"Und deshalb grinst er von Ohr zu Ohr"
"És ezért vigyorog fültől fülig"
"Ich wusste nicht, dass eine Cheshire-Katze immer grinst"
"Nem tudtam, hogy egy Cheshire-macska mindig vigyorog"
**"Eigentlich wusste ich nicht, dass Katzen grinsen können",
sagte Alice**
"Valójában nem tudtam, hogy a macskák vigyoroghatnak" - mondta Alice
»Es gibt vieles, was Sie nicht wissen,« sagte die Herzogin
- Sok mindent nem tudsz - mondta a hercegnő
"Es gibt vieles, was man nicht weiß, und das ist eine Tatsache"
"Sok minden van, amit nem tudsz, és ez tény"
In diesem Augenblick nahm die Köchin den Kessel mit der Suppe vom Feuer
Ekkor a szakács levette a tűzről a leves kaldronját
Und sogleich fing sie an, alles in ihre Reichweite zu werfen
És azonnal elkezdett mindent dobálni, ami elérhető volt
sie warf alles, was sie konnte, auf die Herzogin und das Baby
mindent odadobott a hercegnőnek és a csecsemőnek, amit csak tudott
Zuerst warf sie die Feuereisen
Először eldobta a tűzivasalókat
Dann warf sie eine Handvoll Töpfe
Aztán dobott egy marék serpenyőt
und schließlich warf sie die Teller und Schüsseln

és végül eldobta a tányérokat és az edényeket
Die Herzogin nahm keine Notiz von ihr
A hercegnő nem vett róla tudomást
Selbst als sie von einem Teller getroffen wurde, machte sie sich keine Sorgen
Még akkor sem, amikor egy tányér megütötte, nem aggódott
Das Baby heulte schon so viel
A baba már annyira üvöltött
Es war also unmöglich zu sagen, ob die Schläge das Baby verletzt haben oder nicht
Tehát lehetetlen volt megmondani, hogy a fújások fájnak-e a babának vagy sem
"Oh, gib bitte acht, was du tust!" rief Alice
"Ó, kérlek, törődj azzal, amit csinálsz!" - kiáltotta Alice
und sie sprang in Todesangst des Entsetzens auf und ab
és rémülten ugrált fel és alá
die Herzogin bot Alice das Baby an
a hercegnő felajánlotta Alice-nek a babát
»Hier! Du kannst das Kind ein wenig stillen, wenn du willst!«
"Itt! Szoptathatod egy kicsit a babát, ha úgy tetszik!"
Und sie schleuderte das Kind nach ihr, während sie sprach
És beszéd közben rávetette a babát
"Ich muss gehen und mich darauf vorbereiten, mit der Königin Krocket zu spielen"
"El kell mennem, és fel kell készülnöm krokettezni a királynővel"
und sie eilte aus dem Zimmer
és kisietett a szobából
Alice fing das Baby mit einiger Mühe auf
Alice némi nehézséggel elkapta a babát
weil es ein sehr seltsam geformtes kleines Wesen war
mert nagyon furcsa alakú kis lény volt
Und das Kind streckte seine Arme und Beine nach allen Richtungen aus
és a baba minden irányba kinyújtotta karját és lábát
"Das Kind nehme ich lieber mit!" dachte Alice

"Jobb, ha magammal viszem ezt a gyereket" - gondolta Alice

"Sie werden dieses Baby sicher in ein oder zwei Tagen töten"

"Biztosan megölik ezt a babát egy-két napon belül"

"Wäre es nicht Mord, dieses Baby zurückzulassen?"

"Nem lenne gyilkosság hátrahagyni ezt a babát?"

Sie sprach die letzten Worte laut aus

Hangosan kimondta az utolsó szavakat

Und das kleine Ding grunzte als Antwort

És az apróság morgott válaszként

"Du verwandelst dich am besten nicht in ein Schwein, meine Liebe!" sagte Alice

- Jobb, ha nem válsz disznóvá, kedvesem - mondta Alice

"sonst habe ich nichts mehr mit dir zu tun"

"különben semmi közöm nem lesz hozzád"

Alice fing eben an, bei sich selbst zu denken:

Alice éppen csak elgondolkodott magában:

»Nun, was soll ich mit diesem Geschöpf anfangen, wenn ich es nach Hause bringe?«

- Nos, mit kezdjek ezzel a teremtménnyel, ha hazaviszem?

Aber dann grunzte das kleine Geschöpf ein wenig heftig

De aztán a kis teremtmény kissé hevesen morgott

und Alice sah ihm erschrocken ins Gesicht

és Alice némi riadalommal nézett le az arcába

Diesmal konnte es keinen Irrtum geben

Ezúttal nem lehetett tévedés

Es war nicht mehr und nicht weniger als ein Schwein

nem volt sem több, sem kevesebb, mint egy disznó

Da setzte sie das kleine Geschöpf ab

Így hát letette a kis teremtményt

und das kleine Geschöpf trabte leise in den Wald hinein

És a kis teremtmény csendesen elügetett az erdőbe

Alice war ziemlich erleichtert, als sie die Kreatur verschwinden sah

Alice nagyon megkönnyebbült, amikor látta, hogy a lény elmegy

Alice erschrak ein wenig, als sie die Cheshire-Katze sah

Alice kissé megijedt, amikor meglátta a Cheshire-macskát
Er saß auf einem Ast eines Baumes, ein paar Meter entfernt
Egy faágon ült, néhány méterre tőle
Die Katze grinste nur, als sie sie sah
A macska csak vigyorgott, amikor meglátta
»Cheshire-Katze,« begann Alice etwas schüchtern
- Cheshire-macska - kezdte Alice meglehetősen félénken
»Würden Sie mir bitte sagen, welchen Weg ich von hier aus einschlagen soll?«
- Kérem, mondja meg, merre menjek innen?
"In diese Richtung", sagte die Katze
- Abban az irányban - mondta a macska
Und er fuchtelte mit der rechten Pfote herum
és integetett a jobb mancsával
"In dieser Richtung lebt ein Hutmacher"
"Ebben az irányban él a kalapok készítője"
Und dann winkte die Katze mit der anderen Pfote
Aztán a macska intett a másik mancsával
"Und in dieser Richtung wohnt ein Märzhase"
"És ebben az irányban él egy márciusi nyúl"
»Besuchen Sie, wen Sie wollen; Sie sind beide verrückt"
"Látogassa meg, amit csak akar; mindketten őrültek"
»Aber ich will nicht unter Verrückte gehen«, bemerkte Alice
- De nem akarok őrültek közé menni - jegyezte meg Alice
"Ach, dafür kannst du nicht helfen!" sagte die Katze
- Ó, ezen nem tehetsz - mondta a Macska
"Wir sind alle verrückt hier"
"Itt mindannyian őrültek vagyunk"
"Spielst du heute Krocket mit der Queen?"
- Ma krokettet játszol a királynővel?
"Das würde ich sehr gerne!" sagte Alice
- Nagyon szeretném - mondta Alice
"aber ich bin noch nicht eingeladen worden"
"de még nem hívtak meg"
"Du wirst mich dort sehen!" sagte die Katze
- Ott látni fogsz - mondta a Macska
Und von einem Augenblick auf den anderen verschwand

die Katze
És egyik pillanatról a másikra a macska eltűnt
bald kam Alice in Sichtweite des Hauses des Märzhasen
hamarosan Alice megpillantotta a menetelő nyúl házát
Das war ein sehr großes Haus
Ez egy nagyon nagy ház volt
Alice wollte also nicht in die Nähe des Hauses gehen
így Alice nem akart a ház közelébe menni
Zuerst musste sie noch etwas von dem linken Stück Pilz knabbern
Először még egy kis gombát kellett rágcsálnia a bal oldali gombából

Eine verrückte Teeparty
Egy őrült tea-party

Vor dem Haus stand ein Baum
A ház előtt volt egy fa
Und unter dem Baum stand ein Tisch
És a fa alatt volt egy asztal
und der Tisch war mit allerlei Besteck gedeckt
És az asztal mindenféle evőeszközzel volt megterítve
Der Märzhase und der Hutmacher saßen bei Tisch
A márciusi nyúl és a kalapkészítő az asztalnál ült
und zusammen tranken sie Tee
és együtt teáztak
Ein Siebenschläfer saß zwischen ihnen
Egy hálóterem ült közöttük
und der Siebenschläfer schlief fest
és a dormouse mélyen aludt
Der Tisch war von außergewöhnlicher Größe
Az asztal rendkívüli méretű volt
Aber der größte Teil des Tisches war unbesetzt
De az asztal nagy része üres volt
Sie saßen dicht gedrängt an einer Ecke des Tisches
Összezsúfolódva ültek az asztal egyik sarkában
und doch entschuldigten sie sich, als sie Alice sahen
és mégis mentegetőztek, amikor meglátták Alice-t
»Kein Platz! Kein Platz!« schrien sie
"Nincs hely! Nincs hely!" – kiáltották
»Es ist viel Platz!« sagte Alice entrüstet
"Rengeteg hely van!" - mondta Alice felháborodva
An einem Ende des Tisches stand ein großer Sessel
Az asztal egyik végén egy nagy karosszék volt
und Alice setzte sich in den Sessel
és Alice leült a karosszékbe
Der Hutmacher riss die Augen weit auf
A kalapkészítő nagyon tágra nyitotta a szemét
Er konnte nicht glauben, was er da sah
Nem hitte el, amit lát
aber sein Geist war neugierig auf andere Dinge

De az elméje más dolgokra volt kíváncsi
»Warum ist ein Rabe wie ein Schreibtisch?«
"Miért olyan a holló, mint az íróasztal?"
Alice war offen für die Herausforderung
Alice nyitott volt a kihívásra
"Ich bin froh, dass sie angefangen haben, Rätsel zu stellen"
"Örülök, hogy elkezdtek rejtvényeket kérdezni"
»Ich glaube, das kann ich erraten«, fügte sie laut hinzu
- Azt hiszem, kitalálhatom - tette hozzá hangosan
Der Märzhase wurde neugierig auf Alice
A menetelő nyúl kíváncsi lett Alice-re
"Glaubst du wirklich, dass du die Antwort finden kannst?"
"Tényleg azt hiszed, hogy megtalálod a választ?"
»Ich glaube, ich kann die Antwort finden,« sagte Alice
- Azt hiszem, valóban megtalálom a választ - mondta Alice
**»Dann sollst du sagen, was du meinst,« fuhr der Märzhase
fort**
- Akkor mondd el, mire gondolsz - folytatta a menetnyúl
»Ich sage, was ich meine,« erwiderte Alice hastig
- Mondom, amire gondolok - felelte Alice sietve
"Zumindest meine ich ernst, was ich sage"
"legalábbis komolyan gondolom, amit mondok"
"Das ist dasselbe, weißt du"
"Ez ugyanaz, tudod"
Auch der Siebenschläfer trug zu dem Gespräch bei
A dormouse is hozzájárult a beszélgetéshez
Aber der Siebenschläfer schien im Schlaf zu sprechen
De úgy tűnt, hogy a dormouse álmában beszél
"Ich atme, wenn ich schlafe"
"Lélegzem, amikor alszom"
"Ich schlafe, wenn ich atme!"
"Alszom, amikor lélegzem!"
"Man könnte genauso gut sagen, dass sie auch gleich sind"
"Akár azt is mondhatnánk, hogy ugyanazok"
"So ist es auch bei dir!" sagte der Hutmacher
- Ugyanez a helyzet veled - mondta a kalapkészítő
und er goß ein wenig Tee über die Nase des Siebenschläfers

és egy kis teát öntött a dormouse orrára
Das Murmelthier schüttelte ungeduldig den Kopf
A Dormouse türelmetlenül rázta a fejét
Und wieder sprach das Murmelmaus, ohne die Augen zu öffnen
És megint megszólalt a dormouse, anélkül, hogy kinyitotta volna a szemét
"Natürlich, natürlich ist es dasselbe"
"Természetesen ugyanaz"
"Das wollte ich ja auch sagen"
"csak ezt akartam mondani magam"

Der Hutmacher wandte sich an Alice und stellte eine weitere Frage
A kalapkészítő Alice-hez fordult, és újabb kérdést tett fel
"Hast du das Rätsel schon erraten?"
- Kitaláltad már a rejtvényt?
"Nein, ich gebe auf", gab Alice zu
- Nem, feladom - ismerte el Alice
"Was ist die Antwort?", wollte sie wissen
"Mi a válasz?" – kérdezte
»Ich habe nicht die geringste Ahnung,« sagte der Hutmacher
- A leghalványabb ötletem sincs - mondta a kalapkészítő

"Ich weiß es auch nicht!" sagte der Märzhase
- Nem is tudom - mondta a menetnyúl
Alice stieß einen müden Seufzer aus
Alice fáradtan sóhajtott
"Es gibt eine bessere Nutzung der Zeit als Rätsel ohne
Antworten"
"Vannak jobb időfelhasználások, mint a válaszok nélküli
rejtvények"
»Trinken Sie noch etwas Tee,« sagte der Märzhase sehr ernst
zu Alice
- Igyál még egy teát - mondta a menetnyúl Alice-nek nagyon
komolyan
Alice war ziemlich beleidigt über das Angebot
Alice-t nagyon sértette az ajánlat
»Ich habe noch keinen Tee getrunken,« erwiderte Alice
- Még nem ittam teát - felelte Alice
"Deshalb kann ich keinen Tee mehr trinken"
"ezért nem tudok több teát inni"
»Du meinst, weniger Tee kannst du nicht haben«, sagte der
Hutmacher
- Úgy érted, hogy nem ihatsz kevesebb teát - mondta a
kalapkészítő
"Es ist sehr einfach, mehr als nichts zu nehmen"
"Nagyon könnyű többet venni a semminél"
Bei diesen Worten erhob sich Alice und ging fort
Erre Alice felállt és elment
Der Siebenschläfer schlief augenblicklich ein
A dormouse azonnal elaludt
und keiner der andern nahm die geringste Notiz davon, daß
sie ging
és a többiek közül egyik sem vette észre, hogy elmegy
obwohl sie ein- oder zweimal zurückblickte
bár egyszer-kétszer visszanézett
Sie versuchten, den Siebenschläfer in die Teekanne zu
stecken
Megpróbálták betenni a dormouse-t a teáskannába
"Jedenfalls werde ich nie wieder dorthin gehen!" sagte Alice

"Mindenesetre soha többé nem megyek oda!" - mondta Alice

Und sie ging ihren Weg durch den Wald

És végigsétált az erdőn

"Das war die dümmste Teeparty, auf der ich je war"

"Ez volt a leghülyébb teaparti, amin valaha is voltam"

Gerade als sie das sagte, bemerkte sie etwas

Ahogy ezt mondta, észrevett valamit

Einer der Bäume hatte eine Tür, die direkt hineinführte

Az egyik fának volt egy ajtaja, amely egyenesen oda vezetett

»Das ist sehr interessant!« dachte sie

"Ez nagyon érdekes!" - gondolta

"Ich denke, ich kann genauso gut durch die Tür gehen"

"Azt hiszem, akár be is mehetek az ajtón"

Und durch die Tür ging sie

És az ajtón át ment

Wieder befand sie sich in der langen Halle

Még egyszer a hosszú teremben találta magát

Wieder stand sie dicht an dem kleinen Glastisch

Ismét közel volt a kis üvegasztalhoz

Sie nahm den kleinen goldenen Schlüssel

Elvette a kis aranykulcsot

und sie schloß die Tür auf, die in den Garten führte

és kinyitotta az ajtót, amely a kertbe vezetett

Dann machte sie sich daran, an dem Pilz zu knabbern

Aztán munkához látott, és rágcsálta a gombát

Sie hatte ein Stück des Pilzes in ihrer Tasche aufbewahrt

Egy darab gombát tartott a zsebében

Und schließlich war sie etwa einen Meter groß

és végül körülbelül egy méter magas volt

dann ging sie den kleinen Korridor hinunter

Aztán végigsétált a kis folyosón

Und dann fand sie sich endlich in dem schönen Garten wieder

Aztán végül a gyönyörű kertben találta magát

Und sie war zwischen den hellen Blumen und den kühlen Springbrunnen

És ott volt a fényes virágok és a hűvös szökőkutak között

Der Krocketplatz der Königinnen
A királynő krokettje
Ein großer Rosenstrauch stand in der Nähe des Eingangs des Gartens
Egy nagy rózsafa állt a kert bejáratánál
Die Rosen, die an dem Baum wuchsen, waren weiß
A fán növekvő rózsák fehérek voltak
aber es waren drei Gärtner, die die Rose bemalten
De három kertész festette a rózsát
Sie waren damit beschäftigt, die Rosen rot zu färben
szorgalmasan festették vörösre a rózsákat
und Alice sah zu, wie sie die Rosen rot färbten
és Alice nézte, ahogy vörösre festik a rózsákat
und plötzlich fielen ihre Augen zufällig auf Alice
és hirtelen a szemük véletlenül Alice-re esett
Alice sprach ein wenig schüchtern
Alice kissé félénken beszélt
»Würden Sie es mir bitte sagen?«
- Megmondaná, kérem;
"Warum malt ihr alle diese Rosen?"
"Miért festitek mindnyájan azokat a rózsákat?"
Fünf und Sieben sagten nichts, sondern sahen zwei an
Öt és hét nem szólt semmit, csak kettőre nézett
zwei Sprecher, mit leiser Stimme
ketten szólaltak meg, halk hangon
»Nun, die Sache ist die, sehen Sie, gnädige Frau.«
- Miért, a tény, látja, asszonyom.
"Das hier hätte ein roter Rosenstrauch sein sollen"
"Ennek itt egy vörös rózsafának kellett volna lennie"
"Und wir haben aus Versehen einen weißen Rosenstrauch hineingesetzt"
"És tévedésből egy fehér rózsafát tettünk bele"
"Wie Sie mir zustimmen würden, darf die Königin es nicht herausfinden"
"Ahogy egyetértenének, a királynőnek nem szabad megtudnia"
"Sonst würden wir uns allen die Köpfe abschneiden"

"különben mindannyiunk fejét levágnák"
"Sie sehen also, gnädige Frau, wir tun unser Bestes"
- Látja, asszonyom, minden tőlünk telhetőt megteszünk.
Karte fünf hatte ängstlich über den Garten geschaut
Az ötös kártya aggódva nézett át a kerten
**In diesem Augenblick rief die fünfte Karte: "Die Königin!
Die Königin!"**
Ebben a pillanatban az ötös kártya felkiáltott: "A királynő! A
királynő!"
und die drei Gärtner eilten augenblicklich davon
és a három kertész azonnal elsurrant
und sie warfen sich flach auf ihre Gesichter
és arcra vetették magukat
Man hörte das Geräusch vieler Schritte
Sok lépés hangja hallatszott
Alice sah sich um, begierig darauf, die Königin zu sehen
Alice körülnézett, alig várta, hogy láthassa a királynőt
Am Anfang des Zuges standen zehn Soldaten
A menet elején tíz katona volt
Ihre Hände und Füße waren in den Ecken
kezük és lábuk a sarkokban volt
und in ihren Händen und Füßen waren Keulen
és kezükben és lábukban botok voltak
Als nächstes kamen die zehn Höflinge
Ezután jött a tíz udvaronc
**die Höflinge waren über und über mit Diamanten
geschmückt**
Az udvaroncokat mindenütt gyémántok díszítették
Nach den Höflingen kamen die königlichen Kinder
Az udvaroncok után jöttek a királyi gyermekek;
Es waren zehn der königlichen Kinder
Tíz királyi gyermek volt
und alle königlichen Kinder waren mit Herzen geschmückt
és minden királyi gyermeket szívvel díszítettek
Dann kamen die Gäste; Meist Könige und Königinnen
Ezután jöttek a vendégek; többnyire királyok és királynők
und unter den Königen und Königinnen sah Alice jemanden

és a királyok és a királynő között Alice látott valakit
Sie sah wieder das weiße Kaninchen, das sie gejagt hatte
Újra látta a fehér nyulat, amelyet üldözött
Der Prozession folgte der Spitzbube der Herzen
A menetet a szívek köldöke követte
Er trug die Krone des Königs
A király koronáját hordozta
und die Krone des Königs lag auf einem purpurnen Samtkissen
és a király koronája bíbor bársony párnán volt
Und dann kam das Ende dieser großen Prozession
És akkor jött el ennek a nagy menetnek a vége
Und da waren am Ende der König und die Königin der Herzen
És ott volt a végén a szívek királya és királynője
der Zug kam Alice gegenüber
a menet Alice-szel szemben jött
Und alle blieben stehen und sahen sie an
És mindannyian megálltak, és ránéztek
Und die Königin sprach streng: "Wer ist das?"
és a királyné komolyan megkérdezte: "Ki ez?"
Sie sagte es zum Herzknaben
Elmondta a Szívek Hajójának
aber er verbeugte sich nur und lächelte als Antwort
De ő csak meghajolt és mosolygott válaszul;
Alice sprach sehr höflich
Alice nagyon udvariasan beszélt
"Mein Name ist Alice, also bitte, Eure Majestät"
"A nevem Alice, ezért kérem fenségedet"
Aber sie hatte andere Gedanken für sich
De más gondolatai voltak magának
"Es ist doch nur ein Kartenspiel!"
"Végül is csak egy csomag kártya!"
»Kannst du Krocket spielen?« rief die Königin
"Tudsz krokettezni?" - kiáltotta a királynő
Die Frage war offenbar an Alice gerichtet
A kérdés nyilvánvalóan Alice-nek szólt

"Ja!" sagte Alice laut
- Igen! - mondta Alice hangosan
"Komm also spielen!" brüllte die Königin
"Gyere hát játszani!" üvöltötte a királynő
sprach eine schüchterne Stimme zu Alice
egy félénk hang szólt Alice-hez
"Es ist ein sehr schöner Tag!"
"Ez egy nagyon szép nap!"
Sie ging an dem weißen Kaninchen vorbei
A fehér nyúl mellett sétált
und das weiße Kaninchen guckte ihr ängstlich ins Gesicht
és a Fehér Nyúl aggódva kukucskált az arcába
»ein sehr schöner Tag,« bestätigte Alice
- Valóban nagyon szép nap - erősítette meg Alice
»Wo ist die Herzogin?«
- Hol van a hercegnő?
»Still! Still!" sagte das Kaninchen
"Csitt! Hush!" - mondta a Nyúl
"Sie ist zum Tode verurteilt"
"Kivégzés alatt áll"
»Wofür wird sie hingerichtet?« fragte Alice
"Miért végzik ki?" – kérdezte Alice
"Sie hat der Königin die Ohren abgewetzt", begann das
Kaninchen
- Megkopta a királyné fülét - kezdte a nyúl
schrie die Königin mit Donnerstimme
- kiáltotta a királynő mennydörgés hangján
"Ran an eure Plätze!"
"Menj a helyedre!"
Und die Leute rannten in alle Richtungen herum
és az emberek elkezdtek futni minden irányba
Und sie fielen alle aneinander
és mindannyian egymásnak estek
Sie hatten sich jedoch in ein oder zwei Minuten beruhigt
Egy-két perc alatt azonban letelepedtek
Und dann begann das Spiel
És akkor kezdődött a játék

Alice hatte noch nie einen so merkwürdigen Krocketplatz gesehen
Alice még soha nem látott ilyen furcsa krokettföldet
Das Gras bestand nur aus Graten und Furchen
A fű csupa gerinc és barázda volt
Die Krocketbälle waren echte Igel
A krokettgolyók valódi sündisznók voltak
und die Schlägel waren echte Flamingos
És a kalapácsok valódi flamingók voltak
und die Soldaten standen auf Händen und Füßen
és a katonák álltak a kezükön és a lábukon
weil die Bögen aus ihren Körpern gemacht wurden
mert az ívek a testükből készültek
Die Spieler spielten alle gleichzeitig
A játékosok mind egyszerre játszottak
Niemand wartete, bis er an der Reihe war
Senki sem várta meg a sorukat
und jeder stritt sich mit jedem
és mindenki veszekedett mindenkivel
und alle kämpften für die Igel
És mindannyian harcoltak a sündisznókért
Bald geriet die Königin in eine wütende Leidenschaft
Hamarosan a királynő dühös szenvedélyben volt
Und sie fing an, herumzustampfen und zu schreien
És elkezdett ütlegelni és kiabálni
»Hacken Sie ihm den Kopf ab!«
- Vágja le a fejét!
"Hack ihr den Kopf ab!"
- Vágja le a fejét!
"Hackt ihnen alle Köpfe ab!"
"Vágd le az összes fejüket!"
Wieder dachte Alice bei sich.
Alice megint azt gondolta magában:
"Sie lieben es schrecklich, hier Menschen zu enthaupten"
"Rettenetesen szeretik itt lefejezni az embereket"
"Das große Wunder ist, dass überhaupt noch jemand am Leben ist!"

"A nagy csoda az, hogy valaki életben maradt!"
Sie sah sich nach einem Ausweg um
Valami menekülési módot keresett
Sie bemerkte eine merkwürdige Erscheinung in der Luft
Furcsa megjelenést vett észre a levegőben
»Es ist die Cheshire-Katze,« sagte sie zu sich selbst
"Ez a Cheshire-macska" - mondta magában
"Jetzt habe ich jemanden, mit dem ich reden kann"
"most lesz kivel beszélnem"
"Wie geht es dir?" fragte die Katze
"Hogy boldogulsz?" – kérdezte a macska
»Ich glaube nicht, daß sie ganz und gar fair spielen«, sagte Alice
"Egyáltalán nem hiszem, hogy tisztességesen játszanak" – mondta Alice
Und sie hatte einen ziemlich klagenden Ton
és meglehetősen panaszos hangja volt
"Sie streiten sich alle so fürchterlich"
"Mindannyian olyan rettenetesen veszekednek"
"Man hört sich selbst nicht sprechen"
"Az ember nem hallja magát beszélni"
"Und sie scheinen sich nicht an irgendwelche Regeln zu halten"
"És úgy tűnik, hogy nem játszanak semmilyen szabály szerint"
die Katze stellte Alice mit leiser Stimme eine Frage
a macska halk hangon kérdezte Alice-t
"Wie gefällt dir die Königin?"
- Hogy tetszik a királynő?
»Ich mag sie gar nicht,« sagte Alice
- Egyáltalán nem szeretem őt - mondta Alice

Alice dachte, sie könnte genauso gut zurückgehen
Alice úgy gondolta, akár vissza is mehet
Sie wollte sehen, wie das Spiel läuft
Látni akarta, hogyan megy a játék
Sie machte sich auf die Suche nach ihrem Igel
Elindult, hogy megkeresse a sündisznóját
Der Igel war damit beschäftigt, gegen einen anderen Igel zu kämpfen
A sündisznó egy másik sündisznóval volt elfoglalva
Das war eine ausgezeichnete Gelegenheit
Ez kiváló lehetőség volt
Sie konnte einen Igel mit dem anderen krocketen
Az egyik sündisznót krokettezni tudta a másikkal
Aber ihr Flamingo war auf der anderen Seite des Gartens
De a flamingója a kert másik oldalán volt
Der Flamingo war ziemlich tollpatschig
A flamingó meglehetősen ügyetlen volt
Ihr Flamingo versuchte, gegen einen Baum zu fliegen
A flamingója megpróbált felrepülni egy fára
Sie packte den Flamingo am Bein

A lábánál elkapta a flamingót
Und sie schob sich den Flamingo unter den Arm
És eldugta a flamingót a hóna alá
So konnte der Flamingo nicht mehr entkommen
Így a flamingó nem tudott újra elmenekülni
In diesem Augenblick traf Alice zufällig die Herzogin
Éppen akkor Alice találkozott a hercegnővel
Die Herzogin war nun aus dem Gefängnis entlassen worden
A hercegnő most már kiszabadult a börtönből
Sie schob ihren Arm liebevoll unter Alices Arm
Gyengéden Alice hóna alá dugta a karját
Und dann gingen sie zusammen fort
Aztán együtt sétáltak el
Alice war sehr froh, sie in so angenehmer Laune zu finden
Alice nagyon örült, hogy ilyen kellemes hangulatban találta
Sie erschrak jedoch ein wenig
Kissé megijedt
Sie hörte die Stimme der Herzogin dicht an ihrem Ohr
Hallotta a hercegnő hangját a füléhez közel
"Du denkst über etwas nach, meine Liebe"
- Gondolsz valamire, kedvesem.
"Und das lässt dich das Reden vergessen"
"És ettől elfelejtesz beszélni"
»Das Spiel geht jetzt etwas besser«, sagte Alice
"A játék most már jobban megy" – mondta Alice
Es war eine Möglichkeit, das Gespräch am Laufen zu halten
Ez volt az egyik módja annak, hogy fenntartsuk a beszélgetést
»So ist es,« sagte die Herzogin
- Valóban így van - mondta a hercegnő
"Und die Moral davon ist folgende."
"És ennek tanulsága ez: "
"Es ist die Liebe, die alles macht!"
"A szeretet az, ami mindent megtesz!"
"Liebe ist das, was die Welt bewegt"
"A szeretet az, ami körbejárja a világot"
Alice hatte eine andere Erklärung
Alice-nek más magyarázata volt

"Das macht jeder, der sich um seine eigenen
Angelegenheiten kümmert!"
"Ezt mindenki a saját dolgával törődve csinálja!"
»Ah, gut! Du könntest Recht haben"
- Hát igen! Igazad lehet"
»Es bedeutet alles ziemlich dasselbe,« sagte die Herzogin
- Mindez nagyjából ugyanazt jelenti - mondta a hercegnő
und sie grub ihr spitzes kleines Kinn in Alices Schulter
és éles kis állát Alice vállába fúrta
"Und die Moral davon ist folgende"
"És ennek a tanulsága ez"
"Kümmere dich um die Sinne"
"Vigyázz az érzékre"
"Und dann erledigen sich die Klänge von selbst"
"És akkor a hangok gondoskodnak magukról"
Aber dann fing der Arm der Herzogin an zu zittern
De aztán a hercegnő karja remegni kezdett
Alice blickte auf und da stand die Königin
Alice felnézett, és ott állt a királynő
Die Königin hatte die Arme verschränkt
A királynő összekulcsolta a karját
Und sie runzelte die Stirn wie ein Gewitter!
És összeráncolta a homlokát, mint egy zivatar!
»Ich warne dich!« schrie die Königin
- Igazságosan figyelmeztetlek - kiáltotta a királynő
Und sie stampfte auf den Boden, während sie sprach
és beszéd közben a földre taposott
"Entweder dein Kopf oder ihr Kopf muss ausgeschaltet sein"
"Vagy a fejednek, vagy az ő fejének kell levennie"
"Treffen Sie Ihre Wahl!"
"Válasszon!"
"Und beeilen Sie sich"
"És légy gyors"
Die Herzogin traf ihre Wahl
A hercegnő választotta
und in einem Augenblick war die Herzogin verschwunden
és egy pillanaton belül a hercegnő eltűnt

Da sprach die Königin zu Alice
Aztán a királynő beszélt Alice-szel
"Weiter geht's mit dem Spiel"
"Folytassuk a játékot"
Alice war zu erschrocken, um ein Wort zu sagen
Alice túlságosan megijedt ahhoz, hogy egy szót is szóljon
und langsam folgte sie ihrem Rücken zum Krocketplatz
és lassan követte őt vissza a krokettföldre
Die ganze Zeit stritt sich die Dame mit den anderen Spielern
A királynő egész idő alatt veszekedett a többi játékossal
»Hacken Sie ihm den Kopf ab!«
- Vágja le a fejét!
"Hack ihr den Kopf ab!"
- Vágja le a fejét!
"Hackt ihnen alle Köpfe ab!"
"Vágd le az összes fejüket!"
Bald waren alle Spieler in Gewahrsam
Hamarosan az összes játékos őrizetben volt
nur der König, die Königin und Alice blieben zurück
csak a király, a királynő és Alice maradt
Da ging die Königin, ganz außer Atem
Aztán a királynő elment, egészen kifulladva
und sie ging mit Alice fort
és elment Alice-szel
Alice hörte, wie der König leise etwas sagte
Alice hallotta, hogy a király halkan mond valamit
"Ihr seid alle begnadigt"
"Mindnyájan bocsánatot nyertek"
aber plötzlich hörte man einen neuen Schrei
De hirtelen újabb kiáltás hallatszott
"Der Prozess beginnt!"
"A tárgyalás kezdődik!"
und Alice lief mit den andern
és Alice futott a többiekkel

Wer hat die Torten gestohlen?

Ki lopta el a tortákat?

Der Herzkönig und die Herzkönigin saßen

A szívek királya és királynője ült

sie saßen auf ihrem Thron, als Alice ankam

a trónjukon ültek, amikor Alice megérkezett

Eine große Menschenmenge war um sie herum versammelt

Nagy tömeg gyűlt köréjük

Es gab allerlei kleine Vögel und Bestien

Mindenféle kis madár és vadállat volt

Und da war das ganze Kartenspiel

És ott volt az egész csomag kártya

Der Spitzbube stand in Ketten vor ihnen

A köldök ott állt előttük, láncra verve

und auf jeder Seite war ein Soldat, der ihn bewachte

és mindkét oldalon volt egy-egy katona, aki őrizte

in der Nähe des Königs war das weiße Kaninchen

a király közelében volt a fehér nyúl

Er hatte eine Trompete in der einen Hand

Egyik kezében trombita volt

Und in der andern Hand hielt er eine Pergamentrolle

és a másik kezében pergamentekercs volt

In der Mitte des Platzes stand ein Tisch

Az udvar közepén volt egy asztal

Auf dem Tisch stand eine große Schüssel mit Torten

Az asztalon egy nagy tál torta volt

**"Ich wünschte, sie würden den Prozess zu Ende bringen",
dachte Alice**

"Bárcsak elvégeznék a tárgyalást" - gondolta Alice;

"Dann könnten wir etwas von diesen Erfrischungen essen!"

- Akkor ehetnénk néhány frissítőt!

Der Richter war übrigens der König
A bíró egyébként a király volt
und er trug seine Krone über seiner großen Perücke
és koronáját nagy parókája fölött viselte
»Das ist die Loge der Geschworenen!« dachte Alice
"Ez az esküdtszéki páholy" - gondolta Alice
"Und diese zwölf Geschöpfe, ich nehme an, sie sind die Geschworenen"
"és az a tizenkét teremtmény, feltételezem, hogy ők az esküdtek"
einige waren Tiere, andere waren Vögel
Néhányan állatok voltak, mások madarak
In diesem Augenblick schrie das weiße Kaninchen auf
Ekkor a fehér nyúl felkiáltott
"Schweigen im Gericht!"
"Csend a bíróságon!"
»Herold, lesen Sie die Anklage!« sagte der König
"Hírnök, olvasd el a vádat!" - mondta a király

Das weiße Kaninchen blies drei Stöße auf die Trompete
A fehér nyúl három robbanást fújt a trombitán
dann entrollte er die Pergamentrolle
Aztán kibontotta a pergamentekercset
Und er las folgendes:
és a következőket olvasta:
"Die Königin der Herzen, sie hat ein paar Torten gebacken."
"A szívek királynője, készített néhány tortát,"
"All das tat sie an einem Sommertag"
"Mindezt egy nyári napon tette"
"Der Schurke der Herzen, er hat diese Torten gestohlen"
"A szívek köldöke, ellopta azokat a tortákat"
"Und er hat diese Torten weit weg gebracht!"
- És messzire vitte azokat a tortákat!
»Rufen Sie den ersten Zeugen,« sagte der König
- Hívd az első tanút - mondta a király
und das weiße Kaninchen blies drei Stöße auf die Trompete
és a fehér nyúl három robbanást fújt a trombitán
»Bringt den ersten Zeugen!« rief er
"Hozzátok az első tanút!" – kiáltotta
Der erste Zeuge war der Hutmacher
Az első tanú a kalapkészítő volt
Er kam mit einer Teetasse in der einen Hand herein
Bejött egy teáscsészével az egyik kezében
Und in der anderen Hand hatte er ein Stück Brot und Butter
és volt egy darab kenyér és vaj a másik kezében
»Du hättest fertig sein sollen,« sagte der König
- Be kellett volna fejezned - mondta a király
"Wann hast du angefangen?"
- Mikor kezdted?
Der Hutmacher schaute sich den Märzhasen an
A kalapkészítő a menetnyúlra nézett
Der Märzhase war ihm in den Hof gefolgt
A menetnyúl követte őt az udvarba
Er war Arm in Arm mit dem Siebenschläfer gegangen
Kart karba öltve sétált a dormouse-szal
»Ich glaube, es war der vierzehnte März«, sagte er

"Azt hiszem, március tizennegyedike volt" – mondta
»Geben Sie Ihre Aussage,« sagte der König
- Adj tanúvallomást - mondta a király
**"Und sei nicht nervös, sonst lasse ich dich auf der Stelle
hinrichten"**
"és ne idegeskedj, különben a helyszínen kivégeztelek"
Das schien den Zeugen überhaupt nicht zu ermutigen
Úgy tűnt, hogy ez egyáltalán nem bátorította a tanút
Er rutschte immer wieder von einem Fuß auf den anderen
Folyton egyik lábáról a másikra váltott;
und er sah die Königin unruhig an
és nyugtalanul nézett a királynőre
**und in seiner Verwirrung biß er ein großes Stück aus seiner
Teetasse**
És zavarában egy nagy darabot harapott ki a teáscsészéjéből
**Eigentlich wollte er von seinem Brot und seiner Butter
beißen**
valójában harapni akart a kenyeréből és a vajából
**In diesem Augenblick fühlte Alice eine sehr merkwürdige
Empfindung**
Ebben a pillanatban Alice nagyon kíváncsi érzést érzett
Sie fing an, wieder größer zu werden
Kezdett újra nagyobb lenni
Der unglückliche Hutmacher ließ seine Teetasse fallen
A nyomorult kalapkészítő elejtette a teáscsészéjét
und das Brot und die Butter fielen zu Boden
és a kenyér és a vaj a földre esett
und er fiel auf die Knie
és fél térdre ereszkedett
»Ich bin ein armer Mann, Eure Majestät,« begann er
- Szegény ember vagyok, felség - kezdte
»Du bist ein sehr schlechter Redner,« sagte der König
- Nagyon rossz szónok vagy - mondta a király
»Du darfst gehen,« sagte der König
- Mehetsz - mondta a király
und der Hutmacher verließ eilig den Hof
És a kalapkészítő sietve elhagyta az udvart

»Rufen Sie den nächsten Zeugen her!« sagte der König
"Hívd a következő tanút!" - mondta a király
Der nächste Zeuge war die Köchin der Herzogin
A következő tanú a hercegnő szakácsa volt
Sie trug die Pfefferdose in der Hand
A kezében tartotta a borsos dobozt
Und die Leute in der Nähe der Tür fingen auf einmal an zu niesen
És az ajtó közelében lévő emberek egyszerre tüsszenteni kezdtek
»Geben Sie Ihre Aussage,« sagte der König
- Adj tanúvallomást - mondta a király
»Ich will nichts beweisen,« sagte die Köchin
- Nem fogok bizonyítékot szolgáltatni - mondta a szakács
Der König sah das weiße Kaninchen ängstlich an
A király aggódva nézett a fehér nyúlra
Und das weiße Kaninchen sprach mit leiser Stimme
És a fehér nyúl csendes hangon beszélt
"Eure Majestät müssen diesen Zeugen ins Kreuzverhör nehmen"
"Felségednek keresztkérdéseket kell tennie ennek a tanúnak"
»Nun, wenn ich muß, so muß ich,« sagte der König
- Nos, ha muszáj, akkor muszáj - mondta a király
"Woraus bestehen Torten?"
"Miből készülnek a torták?"
»Torten werden meistens aus Pfeffer gemacht«, sagte die Köchin
"A torták többnyire borsból készülnek" - mondta a szakács
Einige Minuten lang war der ganze Hof in Verwirrung
Néhány percig az egész bíróság összezavarodott
Schließlich ließen sie sich alle wieder nieder
Végül mindannyian újra letelepedtek
Aber da war die Köchin schon verschwunden
De addigra a szakács eltűnt
»Macht nichts!« sagte der König
"Sebaj!" – mondta a király
"Rufen Sie den nächsten Zeugen in den Zeugenstand"

"Hívd az emelvényre a következő tanút"
**Alice beobachtete das weiße Kaninchen, wie es an der Liste
herumfummelte**
Alice figyelte a fehér nyulat, amint átfutotta a listát
**Sie können sich vorstellen, wie überrascht sie war, als sie
das hörte, was sie als nächstes hörte**
El lehet képzelni, mennyire meglepődött azon, amit ezután
hallott
**Mit lauter schriller kleiner Stimme rief er den Namen
»Alice!«**
reszkető kis hangja tetején az "Alice!" nevet szólította.

Alices Beweise
Alice bizonyítékai

»Hier!« rief Alice
- Itt! - kiáltotta Alice
Sie sprang in großer Eile auf
Sietve felugrott
und sie kippte die Geschworenenloge um
és felborult az esküdtszéki páholyban
und sie warf alle Geschworenen um
és leütötte az összes esküdtet
und sie fielen auf die Köpfe der Menge unten
és az alattuk lévő tömeg fejére estek
Alice war in großer Bestürzung
Alice nagyon megdöbbent
»Oh, ich bitte um Verzeihung!« rief sie aus
"Ó, bocsánatot kérek!" - kiáltott fel
»Der Prozeß kann nicht fortgesetzt werden,« sagte der König
- A tárgyalás nem folytatódhat - mondta a király
"Die Geschworenen müssen wieder an ihre angestammten Plätze zurückkehren"
"A zsűritagoknak vissza kell térniük a megfelelő helyükre"
Er wiederholte den Befehl mit großem Nachdruck
Nagy hangsúllyal megismételte a parancsot
und er sah Alice streng an
és szigorúan nézett Alice-re
"Was weißt du über diese Ereignisse?" fragte der König Alice
"Mit tudsz ezekről az eseményekről?" – kérdezte a király Alice-től
»Ich weiß nichts von der Sache,« sagte Alice
- Semmit sem tudok a témáról - mondta Alice
Dann las der König aus seinem Buch vor
A király ezután felolvasott a könyvéből
"Regel zweiundvierzig"
"Negyvenkettes szabály"
"Alle Personen, die mehr als eine Meile hoch sind, sollen das Gericht verlassen"

"Minden egy mérföldnél magasabb személynek el kell hagynia
a bíróságot"
»Ich bin keine Meile hoch,« sagte Alice
- Egy mérföld magasan sem vagyok - mondta Alice
»Fast zwei Meilen hoch,« sagte die Königin
- Közel két mérföld magas - mondta a királynő

»Nun, ich weigere mich zu gehen,« sagte Alice
- Nos, nem vagyok hajlandó elmenni - mondta Alice
Der König erbleichte
A király elsápadt
und er schloß hastig sein Notizbuch
és sietve becsukta jegyzetkönyvét
»Überlegen Sie sich Ihr Urteil«, sagte er zu den
Geschworenen
"Fontolja meg az ítéletét" - mondta az esküdtszéknek
Er sprach mit leiser, zitternder Stimme
Halk, remegő hangon beszélt

Da sprach das weiße Kaninchen
Aztán megszólalt a fehér nyúl
"Es werden noch mehr Beweise kommen"
"Még több bizonyíték várható"
und er sprang in großer Eile auf
és nagy sietve felugrott
"Dieses Papier wurde gerade abgeholt"
"Ezt a papírt most vették fel"
"Es scheint ein Brief des Gefangenen zu sein"
"Úgy tűnik, hogy a fogoly által írt levél"
Er faltete das Papier auseinander, während er sprach
Beszéd közben kibontotta a papírt
"Es ist doch kein Brief"
"Végül is ez nem egy levél"
"Was es war, war eine Reihe von Versen"
"Ami volt, az egy verssor volt"
»Bitte, Eure Majestät,« sagte der Spitzbube
- Kérem, felség - mondta a hajós
"Ich habe diese Verse nicht geschrieben"
"Nem én írtam azokat a verseket"
"und sie können nicht beweisen, dass ich etwas geschrieben habe"
"és nem tudják bizonyítani, hogy írtam semmit"
"Am Ende ist kein Name unterschrieben"
"Nincs aláírva név a végén"
Der König sprach mit dem Spitzbuben
A király beszélt a köcsöghöz
"Du musst vorgehabt haben, Unheil anzurichten"
"Biztosan valami bajt akartál okozni"
"Sonst hättest du wie ein ehrlicher Mann unterschrieben"
"Különben becsületes emberként írta volna alá a nevét"
Es gab ein allgemeines Händeklatschen
Általános taps hallatszott
Und der König wandte sich an das weiße Kaninchen
És a király a fehér nyúlhoz fordult
»Lest die Verse!« befahl er.
"Olvassátok el a verseket" – parancsolta

Es herrschte Totenstille im Gerichtssaal
Halotti csend volt az udvaron
und das weiße Kaninchen las die Verse vor
és a fehér nyúl felolvasta a verseket
Sie sagten mir, du wärst bei ihr gewesen
Azt mondták nekem, hogy jártál nála
Und sie erwähnten mich ihm gegenüber
És megemlítettek engem neki
Sie gab mir einen guten Charakter
Jó jellemet adott nekem
Aber sie sagte, ich könne nicht schwimmen
De azt mondta, hogy nem tudok úszni
Er ließ ihnen wissen, dass ich nicht gegangen sei
Azt üzente nekik, hogy nem mentem el
Wir wissen, dass es wahr ist
Tudjuk, hogy igaz
**Wenn sie die Sache vorantreiben sollte, was würde aus dir
werden?**
Ha tovább erőltetné az ügyet, mi lenne veled?
Ich gab ihr einen, sie gaben ihm zwei
Én adtam neki egyet, ők kettőt adtak neki
Du hast uns drei oder mehr gegeben
Hármat vagy többet adtál nekünk
Sie sind alle von ihm zu dir zurückgekehrt
Mindannyian visszatértek tőle hozzád
obwohl sie vorher meine waren
bár korábban az enyém voltak
Wenn ich oder sie die Chance haben sollte,
Ha nekem vagy neki véletlenül az kellene
Wenn ich oder sie in diese Affäre verwickelt wäre
Ha én vagy ő részt vennék ebben az ügyben
Er vertraut auf dich, dass du sie befreien wirst
Bízik benned, hogy megszabadítod őket
Genau so wie wir waren
Pontosan úgy, ahogy mi voltunk
Ich hatte den Eindruck, dass Sie
Az volt az elképzelésem, hogy te voltál

Bevor sie diesen Anfall hatte
Mielőtt ez a rohama lett volna
Ein Hindernis, das dazwischen kam
Egy akadály, amely
Er und wir und es
Őt, magunkat és azt
Lass ihn nicht wissen, dass sie ihr am besten gefallen haben
Ne tudassa vele, hogy a legjobban szereti őket
Denn dies muss für immer ein Geheimnis bleiben, das vor allen anderen verborgen bleibt
Mert ennek örökre titoknak kell lennie, meg kell őriznie a többitől
Dieses Geheimnis muss ein Geheimnis zwischen dir und mir bleiben
Ennek a titoknak titokban kell maradnia közted és köztem
Der König war sehr beeindruckt
A király nagyon le volt nyűgözve
"Das ist das wichtigste Beweisstück, das wir bisher gehört haben"
"Ez a legfontosabb bizonyíték, amit eddig hallottunk"
»Ich glaube nicht, daß diese Verse auch nur ein Atom Bedeutung haben,« wandte Alice ein
"Nem hiszem, hogy ezek a versek egy atomnyi jelentést hordoznának" – tiltakozott Alice
der König hatte seine eigene Meinung zu dieser Angelegenheit
a királynak megvolt a saját véleménye a kérdésben
"Wenn diese Worte keinen Sinn haben, erspart das eine Menge Ärger"
"Ha ezeknek a szavaknak nincs értelme, az megmenti a bajok világát"
"Dann brauchen wir nicht zu versuchen, den Sinn zu finden"
"Akkor nem kell megpróbálnunk megtalálni a jelentését"
"Lassen Sie die Geschworenen über ihr Urteil nachdenken"
"Hagyja, hogy az esküdtszék mérlegelje ítéletét"
»Nein, nein!« sagte die Königin

"Nem, nem!" - mondta a királynő
"Erst die Verurteilung, dann das Urteil"
"Először az ítélet, utána az ítélet"
"Zeug und Unsinn!" sagte Alice laut
"Ilyesmi és ostobaság!" - mondta Alice hangosan
"Wie dumm ist es, den Angeklagten zuerst zu verurteilen!"
"Milyen ostobaság először a vádlottat elítélni!"

»Schweige!« sagte die Königin und färbte sich violett an
"Tartsd a nyelved!" - mondta a királynő, lila színben
"Ich werde nicht den Mund halten!" sagte Alice
"Nem fogom tartani a nyelvemet!" - mondta Alice
schrie die Königin aus voller Kehle
- kiáltotta a királynő fennhangon
"Hack ihr den Kopf ab!"
- Vágja le a fejét!
Niemand machte eine Bewegung
Senki sem mozdult
"Wen kümmert es, was du sagst?" sagte Alice

"Kit érdekel, hogy mit mondasz?" – kérdezte Alice
Zu diesem Zeitpunkt war sie bereits zu ihrer vollen Größe herangewachsen
Ekkorra már teljes méretére nőtt
"Du bist nichts als ein Kartenspiel!"
"Nem vagy más, mint egy csomag kártya!"
Bei diesen Worten hoben sich alle Karten in die Luft
Erre az összes kártya felemelkedett a levegőben
und alle Karten flogen auf sie herab
és az összes kártya lerepült rá
Sie stieß einen kleinen Schrei aus
Egy kicsit sikoltozott
Sie war halb erschrocken, aber auch wütend
Félig félt, de dühös is volt
Und sie versuchte, sich gegen die Karten zu wehren
És megpróbálta kiverekedni magából a kártyákat
Und dann fand sie sich auf der Grasbank liegend
Aztán a füves parton feküdt
Ihr Kopf lag im Schoß ihrer Schwester
A feje a nővére ölében volt
Einige abgestorbene Blätter waren auf ihrem Gesicht gelandet
Néhány halott levél landolt az arcán
und ihre Schwester wischte vorsichtig die Blätter weg
A húga pedig gyengéden lesöpörte a leveleket
»Wach auf, liebe Alice!« sagte die Schwester
"Ébredj fel, Alice kedves!" - mondta a nővére
"Was für einen langen Schlaf hast du gehabt!"
"Milyen sokáig aludtál!"
"Oh, ich habe so einen merkwürdigen Traum gehabt!" sagte Alice
"Ó, olyan furcsa álmom volt!" - mondta Alice
Und sie erzählte ihrer Schwester alles, woran sie sich erinnern konnte
És elmondott a húgának mindent, amire emlékezett
all die seltsamen Abenteuer, von denen Sie gerade gelesen haben

Az összes furcsa kaland, amiről az imént olvastál
Alice stand auf und rannte davon
Alice felállt és elszaladt
Und während sie lief, dachte sie an ihren Traum
És futás közben az álmára gondolt
"Was für ein wunderbarer Traum das gewesen war!"
"Milyen csodálatos álom volt!"